AF194315

Eine (un)moralische Liebe

Manfred Bilinsky

Eine (un)moralische Liebe

Bibliografische Information der Deutschen Nationalbibliothek:
Die Deutsche Nationalbibliothek verzeichnet diese Publikation in der Deutschen Nationalbibliografie; detaillierte bibliografische Daten sind im Internet über http://dnb.dnb.de abrufbar.

Herstellung und Verlag: BoD – Books on Demand, Norderstedt

ISBN: 978 3756 2007 19

Der Autor, Manfred Bilinsky, verfasst seine Romane in einer leicht lesbaren und einfachen Sprache.

Seine Geschichten sind vorwiegend mit Dialogen versehen und die erotischen Szenen sind sehr mutig und freizügig erzählt.

Wie jeden Morgen bereitete die 28-jährige Chiara das Frühstück für sich und ihren Vater, Leo Berger zu. Leo war Witwer und er begrüßte es sehr, dass seine jüngere Tochter auf dem elterlichen Hof wohnte und auch arbeitete.

Während dem gemeinsamen Frühstück schaute Chiara auf ihr Smartphone und sagte: „Oh, Lena schreibt, sie hat sich mit Antonio verlobt."

Leo antworte etwas genervt: „Was verspricht sie sich von diesem Hallodri?"

Chiara konterte: „Hey, Antonio ist doch ein toller Mann für meine Schwester."

Leo antwortete: „Ja, natürlich. Ein spanischer Bayer, der einen enormen Frauen-Verschleiß hat. Er sammelt sie wie Trophäen. Nun gehört Lena zu seiner Sammlung, mit der Nummer 1001?"

Chiara: „Das stimmt doch gar nicht. Seit er mit Lena zusammen ist, hat er sich vollkommen verändert. Er liebt Lena und trägt sie auf seinen Händen. Jetzt rede doch nicht so negativ. Freu dich doch für Lena."

Leo reagierte fragend: „Darf ich dich daran erinnern, als ich euch am Heuboden erwischt hatte, er bereits mit Lena zusammen war?"

Chiara sagte mit liebevoller Stimme: „Ja, es ist schon viele Jahre her. Er war Lena aber nicht untreu."

Leo: „Ach nein? Das was ich sehen musste, sah aber nicht nach einem treuen Mann aus. Offensichtlich genügte ihm Lena nicht. Nein, er nahm gleich die Schwester dazu."

Chiara: „Du weißt warum es so war. Sieh mich doch an. Welcher Mann möchte eine Frau mit Narben? Lena erlaubte es aus Liebe zu mir und ließ mich teilhaben. Es war eine wunderschöne Erfahrung für mich. Ohne Antonio und Lena, wäre ich heute noch eine Jungfrau."

Leo: „Ja, du hast sichtbare Narben und trotzdem verehren dich die Männer."

Chiara: „Wo sind diese Männer?"

Leo: „Da gibt es einige. Spontan fällt mir der Gruber ein. Er verehrt dich und er hat einen Anstand. Du lehnst ihn ständig ab."

Chiara: „Der Gruber Peter? Das Einzige was ihn interessiert, ist unser Hof. Du sprichst von Anstand? Meinst du, so wie bei dir? Darf ich dich daran erinnern, dass du Antonio mit der Mistgabel vom Hof verjagt hattest? Und, dein Gruber, mir auf den Po geklatscht hatte?"

Leo antwortete: „Das ist nicht, mein Gruber. Mein Gott, was ist an einem Po-Klatscher so schlimm. Daraufhin, hast du ihm eine Ohrfeige gegeben. Das tut eine guterzogene Lady aber auch nicht."

Chiara: „Die hat er sich verdient gehabt. Man greift keiner Frau auf das Hinterteil."

Ihre Unterhaltung wurde unterbrochen. Peter Gruber kam mit seinem Traktor auf den Hof.
Chiara sah ihn vom Fenster aus und sagte:" Schau, wenn man vom Teufel spricht, ist er auch schon da. Guck, dein Gruber ist da."

Leo: „Das ist nicht mein Gruber. Was holt er heute ab?"

Chiara: „Frag doch einfach deinen Gruber."

Leo stand auf und sagte: „Das ist nicht mein Gruber, verdammt noch einmal."

Als Chiara alleine in der Küche saß und sich wieder ihrem Smartphone widmete, begann sie zu lächeln. Sie freute sich für ihre große Schwester.
Lena ist 4 Jahre älter als sie. Nach dem Autounfall vor vielen Jahren, starb ihre Mutter. Chiara war mit ihrer Mutter im Auto unterwegs, als sie von einem anderen Auto gerammt

wurden. Für ihre Mutter kam jede Hilfe zu spät. Chiara überlebte schwerverletzt diesen Unfall. Seitdem ist sie von unschönen Narben an der Hand, im Gesicht, am Bein und am Brustbereich gezeichnet. Mit gerade einmal 12 Jahren übernahm Lena die Aufgaben der Mutter. Sie sorgte sich rührend um die damalige 8-jährige Schwester. Für Chiara war Lena nicht nur die große Schwester, sondern auch eine zweite Mutter. Besonders dankend, hatte sie noch das Erlebnis in Erinnerung, an dem in Anwesenheit von Lena, Antonio sie entjungfert hatte. Wegen ihrer Narben zog sie sich auf dem Hof zurück und verließ nur im äußersten Notfall das Haus. Sie schämte sich für ihr Aussehen und ging jedem gesellschaftlichen Anlass aus dem Weg. Lena beschütze sie, soweit es in ihrer Macht lag. Da Chiara keine Möglichkeit hatte einen Mann kennenzulernen, teilte sie für diesen wichtigen Moment ihren Freund Antonio. Zu dritt waren sie auf dem Heuboden, als Chiara das erste Mal sexuellen Kontakt hatte. Nachdem Chiara entjungfert war, erwischte sie ihr Vater beim Dreier-Sexspiel. Daraufhin verjagte er Antonio vom Hof. Lena ging mit ihrem Freund und seitdem gab es keinen Kontakt mehr zu ihrem Vater.

Da Lena von nun an, nicht mehr auf dem Hof war, kümmerte er sich rührend um Chiara. Er verwöhnte und beschütze sie. Es schien, als würde er nurmehr eine Tochter haben.

Nachdem Leo, den Traktoranhänger von Peter geladen hatte, war Chiara mit der Tomatenernte beschäftigt. Hier fühlte sie sich wohl. Keine unangenehmen Blicke von Menschen, wegen ihrer Narben. Leo nahm ihr jeden Kontakt zu Menschen ab, bei dem sie sich unwohl fühlte. Trotz seiner aufmunterten Worte, zog sich Chiara von der Öffentlichkeit zurück. Den Tieren und Pflanzen auf dem Hof, waren die Narben egal.

Trotz der harten Arbeit bei der Ernte, hatten sie ihren Spaß. Leo war ein sehr lustiger Mensch, der Chiara immer zum lachen brachte. Sie pflückte das Gemüse und Leo trug die Kisten in den Gemüseschuppen.

Doch plötzlich griff er mit seiner Hand auf sein Herz und atmete schwer. Die Kiste mit den frischen Tomaten fiel auf den Boden. Leo kämpfte mit seinem Atem und sank langsam auf die Erde. Als Chiara ihren Vater sah, rannte sie zu ihm. Sie kniete sich zu Leo und versuchte ihn wiederzubeleben. Sie gab nicht auf und schrie auf ihn ein: „Komm schon, atme."

In diesem Moment kam Clara auf den Hof. Als sie Leo auf dem Boden sah, lief sie zu Chiara und setzte unverzüglich den Notruf ab.

Gemeinsam versuchten sie, Leo zu reanimieren. Abwechselnd und ohne Pause, bis der Notarzt eintraf.

Leider war es vergebens. Leo Berger starb an einem Herzinfarkt.

Chiara schrie sich die Seele aus dem Leib. Clara kümmerte sich rührend um sie und nahm sie in ihre Arme.

Clara hatte einen kleinen Gemüseladen im Dorf und verkaufe sämtliche Produkte vom Berger-Hof. Sie kannte die Familie Berger schon seit vielen Jahren und gehörte zur Familie.

Noch während ihrer Anwesenheit, informierte Chiara ihre Schwester, die sich unverzüglich auf den Weg zum heimatlichen Hof machte. Dies dauerte aber einige Stunden. Lena lebte mit Antonio auf der spanischen Insel Gran Canaria. Sie waren im Hotelmanagement tätig und leiteten ein großes Hotel in Playa de Ingles.

Nach dem Landeanflug in Österreich nahm sie sich ein Mietauto und fuhr am schnellsten Weg in die Obersteiermark zu ihrer Schwester.

Bei ihrem Eintreffen, stand Chiara noch immer unter Schock. Für sie war der Vater, der wichtigste Mensch. Liebevoll umarmten sich die Schwestern und weinten und trauerten gemeinsam um ihren Vater. Währenddessen blieb Clara auf dem Hof. Sie bekochte die Berger-Töchter und räumte auch die restlichen Tomaten in den Schuppen. Die Arbeit war ihr vertraut und sie machte es aus Liebe zu Leos Töchtern. Immerhin war sie die damalige beste Freundin von Maria Berger, die Mutter von Lena und Chiara.

Erst am Abend, als auch Clara den Hof verließ, kamen die Schwestern ein wenig zur Ruhe. Sie saßen in der Stube und tranken ihren Kaffee.

Lena fragte: „Hatte Vater Probleme mit dem Herz?"

Chiara: „Nein, er war wie immer gesund und fit. Ich verstehe das nicht."

Lena: „Was wirst du jetzt mit dem Hof machen?"

Chiara: „Wir sind beide die Erben, Lena. Natürlich werde ich versuchen, den Hof weiterzuführen. Aber, alleine?"

Lena: „Wir werden gemeinsam eine Lösung finden, okay? Bis auf Weiteres bleib ich erstmals bei dir."

Chiara: „Danke, das ist sehr lieb von dir. Erst heute früh erfuhr ich von deiner Verlobung und nun sitzen wir gemeinsam hier und trauern um unseren Vater. Das ist echt verrückt. Was hat dich eigentlich dazu bewogen, nach mehr als 10 Jahren eine Verlobung einzugehen?"

Lena: „Es sind mittlerweile 12 Jahre mit Antonio. Bisher war ich nicht bereit dazu. Ich denke, jetzt ist die Zeit reif."

Chiara: „Ich freue mich für euch beide. Vater hatte deinen Verlobten, heute früh noch als Hallodri bezeichnet."

Lena: „Vater hatte sich wohl nicht verändert. Schlaue Sprüche hatte er immer schon auf Lager. Antonio ist ein perfekter Mann, den ich sehr liebe. Wie geht es eigentlich dir? Gibt es einen Mann an deiner Seite?"

Chiara: „Ich bin und bleibe eine einsame Entstellte."

Lena: „Warum redest du so? Chiara, du bist eine wunderschöne und attraktive Frau. Das können die Narben nicht zerstören. Dieser Meinung ist auch Antonio. Deine Schönheit überwiegt diese Narben. Akzeptiere dich so wie du bist, oder so wie ich dich sehe. Du bist einzigartig, begehrenswert, hübsch, intelligent und sehr sexy. Lass dir von niemanden etwas anderes einreden. Du musst unter die Menschen und darfst dich hier am Hof nicht verstecken."

Chiara: „Das sagst du, weil ich deine kleine Schwester bin. Ich sehe doch, wie mich alle anstarren. Antonio hat auch nur aus Mitleid mit mir geschlafen."

Lena: „Das stimmt doch überhaupt nicht. Antonio findet dich genauso attraktiv wie ich. Über dieses einmalige Erlebnis, hatten wir vor kurzem erst wieder gesprochen. Ich glaube, es war für jeden von uns ein absolutes Highlight."

Daraufhin mussten beide lächeln und Chiara sagte: „Für Vater war es auch ein Highlight. Beide Töchter zusammen mit einem Mann zu sehen, war das negativste Highlight seines Lebens."

Lena: „Egal, wie er es empfand. Es ist dein Leben, Chiara. Ich denke, für dich war es etwas Besonderes."

Chiara: „Absolut. Warum hat dich das nicht gestört, dass dein Freund mit mir sexuell verkehrte? Jede andere Frau wäre vor Eifersucht explodiert."

Lena: „Dir eine Freude zu bereiten schien mir wichtig. Ich weiß es eigentlich gar nicht so genau. Es hatte sich so ergeben, denke ich. Vielleicht hatte ich dir gegenüber, ein schlechtes Gewissen. Ich hatte einen Freund und du nicht."

Chiara: „Also doch aus Mitleid."

Lena: „Nein, nicht aus Mitleid. Ich wollte spontan, dir dieses Erlebnis ermöglichen. Ja, und Antonio war nicht abgeneigt. Eigentlich ist es völlig egal, warum und wieso. Es ist passiert und wir alle hatten unseren Spaß. Das ist das, was zählt."

Irgendwann waren sie zu müde und legten sich zusammen in Chiaras Bett.

Dass Chiara die halbe Nacht weinte, bekam Lena mit. Sie umarmte ihre Schwester und beschützte sie in ihren Armen.

Am nächsten Morgen standen sie gemeinsam auf. Nach dem morgendlichen Ritual im Bad gingen sie vor das Haus und setzten sich auf die Bank.

Lange währte die Ruhe nicht. Justus Winkler, der beste Freund von Vater kam auf den Hof. Er begrüßte das Geschwisterpaar und sprach sein tiefstes Mitgefühl aus.

Justus Winkler: „Es ist so furchtbar. Er war noch viel zu jung. Wenn ihr irgendetwas braucht, dann meldet euch bei mir."

Chiara: „Danke, lieb von dir. Ich habe deine Gemüsekiste bereits befüllt. Holst du dir diese aus dem Schuppen?"

Winkler: „Das wäre doch nicht so wichtig gewesen. Ihr habt doch jetzt andere Sorgen."

Chiara: „Passt schon. Vater hätte es so gewollt, dass alles weiterläuft."

Als Winkler mit seiner Kiste den Hof verlassen hatte, fragte Lena: „Warum bekommt der Winkler eigentlich immer ein Gemüse auf unsere Kosten? Das war schon damals so, was ich nie verstanden hatte."

Chiara: „Genau weiß ich das auch nicht. Er war immer Vaters bester Freund. Winkler kommt 2 bis 3-mal in der Woche. Ich hatte es nie hinterfragt."

Lena: „Ja, so viel ist bei uns nie gesprochen worden. Was ich bis heute auch nicht weiß, wer eigentlich der Unfallgegner von Mamas Unfall war."

Chiara: „Das war immer ein Tabu-Thema. Keiner sprach darüber."

Lena: „Wie sieht es eigentlich finanziell mit dem Hof aus? Benötigst du Unterstützung?"

Chiara: „Das war Papas Angelegenheit. Wollen wir gemeinsam nachschauen?"

Im väterlichen Büro fanden sie eine akribisch genaue Buchhaltung, die vor Ordnung nur so sprießte. Lena begutachtete das Finanzielle und Chiara sah die restlichen Ordner und Mappen durch.
Der Hof war gut bewirtschaftet, auch wenn er keinen großen Gewinn einbrachte. Lena war beruhigt und zufrieden.
Chiara fand eine Mappe, wo ihr Vater alles über den damaligen Unfall sammelte. Gespannt sahen sich die Schwestern jede Seite an. Hinweise oder Berichte über den Unfallgegner fanden sie nicht. Der Unfallbericht wurde von Justus Winkler, der damals als Dorfpolizist tätig war, unterzeichnet.

Kurzer Hand entschied sich Lena, Winkler anzurufen, um mehr über Mutters Unfall zu erfahren.

Justus Winkler gab als Antwort: „Er war dem Dorf fremd. Lasst die Vergangenheit ruhen, genauso wie es euer Vater gemacht hatte. Er sagte stets, dadurch würde Maria nicht auferstehen."

Unbeantwortet schoben sie dieses Thema auf die Seite und begannen mit den Vorbereitungen für das bevorstehende Begräbnis. Trauerfeiereinladungen mussten noch versendet werden. Clara, die Bauernladen-Betreiberin, bot ihre Unterstützung an. Die Hofarbeiten konnten nicht gänzlich ruhen. Das reife Gemüse musste geerntet werden. Hierfür war Clara ein Segen. Lena kümmerte sich um die Trauerfeier und Chiara erntete mit Clara die Tomaten. Für die Auslieferung, sprang Peter Gruber ein. Zusammen schafften sie es.

Am Abend saßen sie noch gemeinsam mit Clara in der Stube und unterhielten sich. Lena hatte viele Fragen. Einige konnte Clara beantworten.

Da Clara sehr gut informiert war, fragte Lena: „Du weißt über unsere Familie sehr viel. Klar, du warst Mutters beste Freundin und gehörst einfach schon viele Jahre zur Familie. Kannst du uns sagen, was damals wirklich passierte? Wer war der Unfallgegner von Mama?"

Clara: „Ich war nicht dabei. Ist es so wichtig zu wissen, wer damals den Unfallwagen gelenkt hatte? Wie ihr wisst, starb dieser Fahrer bei dem Unfall, genauso wie eure Mama."

Lena: „Ich finde es sehr eigenartig, dass darüber nie gesprochen wurde. Auf der einen Seite war ich alt genug, um die Aufgaben von Mama zu übernehmen und auch die Erziehung von Chiara, aber über den Unfallverursacher weiß ich überhaupt nichts. Der Winkler war ja damals bei der Polizei und schweigt ebenfalls."

Clara: „Leider kann ich eure Fragen nicht beantworten. Dass eure Mama damals gestorben ist, war tragisch genug. Da hat mich das ganze Umfeld nicht mehr interessiert. Justus ist eurem Vater sehr beigestanden. Er war auch immer schon sein bester Freund."

Am späten Abend, als die Schwestern alleine waren, unterhielten sie sich noch im Bett.

Lena war neugierig: „Dieser Gruber steht auf dich. Läuft da etwas zwischen euch?"

Chiara: „Um Gottes Willen, nein. Er interessiert mich überhaupt nicht."

Lena: „Gibt es keinen Mann, der dir gefällt?"

Chiara: „Wozu? Mich will doch sowieso kein Mann zur Frau haben. Jetzt erzähl etwas von dir und Antonio. Hat er dir einen Antrag gemacht?"

Lena: „Ja, beim Sonnenuntergang am Strand."

Chiara: „Oh, wie romantisch. Habt ihr auch Familienpläne?"

Lena: „Ja, Antonio wünscht sich Kinder, aber ich bin noch nicht soweit."

Chiara: „Liegt es an Antonio, oder warum glaubst du, noch nicht so weit zu sein?"

Lena: „So fühle ich es einfach. Antonio ist sicher ein großartiger und sehr liebenswerter Papa. Es liegt nicht an ihm. Erst wenn ich dazu bereit bin, möchte ich diesen Schritt gehen."

Für die Schwestern begann der Abschiedstag ihres Vaters, sehr früh. Antonio war gekommen und weckte mit dem Klopfen an der Tür, beide Frauen auf. Lena war überglücklich ihren Verlobten in ihre Arme nehmen zu können. Auch Chiara freute sich, obwohl sie etwas eingeschüchtert reagierte. Immerhin sah sie Antonio seit dem gemeinsamen sexuellen Geschehen nicht mehr.

Antonio überspielte die Nervosität von Chiara und äußerte: „Im Flugzeug gab es kaum etwas, um den Hunger zu stillen."

Chiara konterte mit einem Lächeln: „Bei uns am Hof hot no nia koana Hunga net leidn miassn. (Bei uns am Hof hat noch nie keiner Hunger nicht leiden müssen)."

Antonio lachte laut und sagte: „Davo bin i net ausgangn, dass i do net verhungarn tua. (Davon bin ich nicht ausgegangen, dass ich hier nicht verhungere). Respekt Chiara. Eine bayrische Vierfach-Verneinung."

Lena sagte: „Bitte nicht schon wieder eure bayrische Unterhaltung mit unsinnigen Verneinungen."

Zumindest wurde das Eis zwischen den gebürtigen Bayer und Chiara gebrochen. Chiara tat das kleine Späßchen sehr gut.

Auf dem Weg zum Friedhof ging Antonio, im schwarzen Anzug, händchenhaltend zwischen den beiden Schwestern. Lena trug neben ihren schwarzen Nylonstrümpfen und Stöckelschuhen, einen kurzen schwarzen Minirock und eine schwarze Bluse. Chiara war nicht wesentlich anders bekleidet. Nur ihr Rock war länger und bedeckte ihre Knie.

Sie spürten und sahen, wie die anderen Trauergäste mit vorgehaltener Hand über sie sprachen.

Vor dem offenen Grab standen sie zu dritt und Chiara schmerzte die Trauer um ihren Vater am meisten. Hinter ihnen standen die anderen Trauergäste, die Leo die letzte Ehre erweisen wollten. Nach der Rede des Pfarrers wurde der Sarg in die Tiefe abgelassen. Als Chiara eine rote Rose auf den Sarg geworfen hatte, weinte sie bitterlich. Sie kniete zu Boden und konnte nicht mehr aufhören zu weinen. Lena beugte sich von hinten zu ihrer Schwester und umarmte sie führsorglich. Zusammen starrten sie in die Grabgrube auf den Sarg.

Lena sagte: „Gute Reise Papa. Wir lieben dich."

Von den Trauergästen war eine Stimme zu hören: „Wenn die wüssten, welches Geheimnis ihr Vater ins Grab nimmt."

Antonio drehte sich um und fragte: „Wie bitte?"

Doch niemand gab eine Antwort. Diese Bemerkung hörten Lena und Chiara ebenfalls, aber sie ignorierten es. Clara, die unmittelbar bei Lena und Chiara stand, umarmte die beiden Schwestern.

Daraufhin wurde das unverständliche Geflüsterte von den Trauergästen intensiver. Irgendwann wurde es Antonio zu viel. Er nahm die beiden Schwestern und auch Clara, um den Friedhof zu verlassen.
Unterwegs fragte Lena: „Clara, warum und weshalb wurde hinter uns getuschelt?"

Clara antwortete: „Ich weiß es nicht. Wie in jedem kleinen Dorf, wird auch hier über alles und jedem geredet. Ignoriert es einfach, okay?"

Antonio mischte sich ein: „Für jedes Gerücht gibt es einen Anlass. Die Menschen reden nicht über etwas, was sie nicht gehört hätten."

Clara: „Da bin ich mir nicht so sicher, Antonio. Wenn jemand ein Gerücht verbreiten möchte und es der richtigen Person erzählt, nimmt die Propaganda seinen Lauf, obwohl keiner mehr weiß, warum und wieso, über das gesprochen wird."

Lena: „Schon möglich. Aber, irgendetwas stimmt hier trotzdem nicht."

Als sie beim Dorfwirt ankamen, sagte eine ältere Dame zu Clara: „Hast du jetzt dein Ziel erreicht?"

Clara ignorierte diese Bemerkung und ging mit Lena, Chiara und Antonio in die Gaststube zum Leichenschmaus.
Sie setzten sich zu einem Tisch und Lena fragte: „Was hat sie damit gemeint, Clara?"

Clara: „Keine Ahnung. Ich höre das blöde Gerede schon gar nicht mehr."

Chiara fühlte sich zusehens unwohl: „Können wir nicht einfach gehen? Ich halte die komische Stimmung nicht mehr aus. Anstatt unserem Vater die letzte Ehre zu erweisen, wird hinter unserem Rücken blöd geredet. Ich möchte mir das nicht mehr antun."

Sie standen auf und gingen. Nur Antonio konnte ohne Kommentar nicht einfach gehen und sagte in die Runde: „Offensichtlich schmeckt euch in unserer Anwesenheit das Essen nicht. Wir befreien euch von uns. Guten Appetit."

Enttäuscht gingen sie nach Hause. Antonio musste aus beruflichen Gründen, am nächsten Morgen seine Verlobte verlassen.

Um auf andere Gedanken zu kommen, beschlossen Lena und Chiara, das Haus aufzuräumen.

Beim stöbern in Vaters Kästen fand Lena den Blutgruppenausweis von Chiara und fragte sie: „Chiara, warum steht auf diesem Ausweis, dass du die Blutgruppe 0 Positiv hast?"

Chiara: „Naja, weil ich dieselbe Blutgruppe habe wie du?"

Lena: „Nein, ich habe A. Weißt du welche Blutgruppen unsere Eltern hatten?"

Chiara: „Ja, beide hatten 0 Positiv. Da bin ich mir ganz sicher. Was bedeutet das? Oh mein Gott, wie kannst du A haben, wenn wir alle 0 haben."

Beiden wurde klar, dass Lena mit ihrer Blutgruppe, nicht beide Elternteile haben konnte, wie Chiara. Lena kombinierte: „Dann habe ich einen anderen Vater? Ich habe gestern, nicht meinen Vater zu Grabe getragen, sondern einen Fremden?"

Chiara war schockiert: „Das kann doch nicht sein. Wir sind doch Schwestern."

Lena: „Ja, Halbschwestern, Chiara. Wem habe ich gestern die letzte Ehre erwiesen? Und, wer ist mein leiblicher Vater?"

Chiara war außer Sich und völlig verwirrt: „Dann war Mama untreu?"

Plötzlich stand Clara im Raum und sagte: „Nein, Chiara, deine Mama war nie untreu."

Chiara: „Aber wie kann es dann sein, dass Lena die Blutgruppe A hat und wir alle 0?"

Clara war überrascht und setzte sich. Nach kurzem Überlegen sagte sie: „Okay, meine Lieben. Eigentlich hätte es euer Vater sagen müssen. Ich denke, ihr solltet es von mir erfahren und nicht von Fremden. Vor eurer Zeit, war ich mit eurem Vater zusammen. Wir liebten uns. Als ich schwanger wurde, verliebte sich Leo in meine beste Freundin. Ihr wisst, wer meine beste Freundin war? Gut. Als schwangere junge Frau, musste ich mich alleine durchkämpfen. Der Kindsvater war nun mit meiner Freundin liiert. Komischerweise, brachen wir aber nie den Kontakt ab. So blöd es klingt, aber beide waren für mich da. Ohne Leo und Maria, hätte ich mein Leben beendet. Wie es genau dazu kam, weiß ich eigentlich nicht mehr. Doch vereinbarten wir, mein Kind sollte Marias sein. Es war eine Hausgeburt und niemanden fiel es auf. Ja, Lena, ich bin deine leibliche Mutter."

Lena war sprachlos und sagte kein Wort.

Daraufhin sagte Chiara: „Warum, all die Jahre diese Lügen?"

Clara: „Es war eine sehr schwere Zeit. Darum dachten wir, dies sei die beste Lösung. Es ist auch keinem Menschen aufgefallen, dass ich mit Lena schwanger war. Wir lebten zurückgezogen und keiner ahnte etwas. Ja, es kam das Gerücht auf, wir würden in einer Kommune leben und eine Dreier-Beziehung führen. Was aber nicht stimmte."

Lena fragte mit weinender Stimme: „Warum hast du mich nach Mamas Tod nicht unterstützt? Ich musste alle ihre Aufgaben übernehmen. Mit 12 Jahren musste ich kochen, putzen und Chiara eine Mutter sein. Warum hast du mich alleine gelassen?"

Clara: „Ich war da, Lena, aber du und dein Vater, wolltet es nicht. Du sagtest zu mir, du würdest mich nicht brauchen. Diese Worte taten mir sehr weh. Obwohl du mich zurückgewiesen hattest, war ich trotzdem in deiner Nähe."

Chiara: „Nach Mamas Tod, warum bist du mit Vater nicht mehr zusammen gegangen?"

Clara: „Die ganzen Jahre liebte ich euren Vater. Aber leider wurde meine Liebe nicht erwidert. Ich war ihm verfallen, so war ich stets in seiner

Nähe. In meinen Gedanken war ich seine Frau und die Mutter seiner Töchter. Dass Maria seine eigentliche Ehefrau war, blendete ich aus meinem Kopf aus."

Chiara fragte: „Hast du es nie bereut, dein eigenes Kind abzugeben oder gar zu leugnen?"

Clara: „Ich hatte Lena niemals geleugnet. Doch sah ich sie, als die Tochter meiner besten Freundin."

Chiara: „Irgendwie klingt das eigenartig und auch egoistisch und naiv, sorry, Clara."

Clara: „Meine Liebe konnte nichts brechen. Nicht einmal, als Leo von mir verlangte, ich sollte mit Justus schlafen. Ich tat es nicht, doch zeigt es wie sehr ich ihn aus Liebe verfallen war."

Lena stellte eine Zwischenfrage: „Hattet ihr wirklich geglaubt, dies würde niemals auffliegen?"

Clara: „Nein, wir hielten zusammen und lebten dementsprechend verschwiegen."

Lena: „Was ist mit den Mutter-Kind-Pass Untersuchungen? Nach der Geburt gibt es auch Nachuntersuchungen bei der Mutter."

Clara: „Das war einfach. Justus war damals schon sehr einflussreich, er regelte alles für Leo. Damals war er noch ein sehr einflussreicher Polizist, bevor er später in die Politik ging. Er hatte immer schon die besten Kontakte, um alles zu regeln. Heute als Bürgermeister, profitiert er aus diesen wichtigen Beziehungen."

Chiara fragte neugierig: „Hattest du nach dem Tod von Mama, Sex mit Vater?"

Clara lächelte: „Nein. Seit der Zeugung von Lena, nie wieder."

Lena konnte es nicht begreifen und fragte nochmals: „Was habt ihr euch dabei gedacht? Wäre es nicht einfacher gewesen, es so zu belassen, wie es war? Wozu diese Lügen? Ich verstehe es nicht."

Clara: „Im Nachhinein sieht man alles anders. Damals war es für uns die beste Entscheidung. Jeder von uns kam auf seine Rechnung."

Lena: „Was? Welche Rechnung? Du gabst dein Kind weg und deine beste Freundin schnappte sich deinen Mann. Wo war das Ganze jetzt für dich vorteilhaft?"

Clara: „Ich weiß, es klingt komisch, aber dadurch hatte ich beide nicht verloren."

Weder Lena noch Chiara fanden darauf eine Antwort. Nach einer Zeit sagte Clara: „Verurteilt mich bitte nicht. Auch nicht eure Eltern. Wir liebten euch immer. Wer als Mutter auf dem Papier steht ist doch nebensächlich. Tief im Herzen, seid ihr beide meine geliebten Töchter. Natürlich hätte ich damals als alleinerziehende Mutter ein neues Leben beginnen können. Abgesehen von meinem Herz-Schmerz, hätte ich die Depressionen nicht überlebt. Vielleicht hättet ihr euch niemals gesehen?"

Lena und Chiara sahen sich an und versuchten, Clara zu verstehen.

Nach minutenlangem Schweigen, sagte Chiara: „Jetzt, wo bekannt ist, dass du die leibliche Mutter meiner Schwester bist, könntest du doch bei uns einziehen. Das Haus ist doch groß genug."

Lena war etwas überrascht und sagte: „Bei uns? Chiara, mein Leben ist auf Cran Canaria mit meinem Verlobten."

Chiara: „Es ist trotzdem unser Haus. Es wäre doch schön, wenn deine Mama bei uns wohnen würde."

Lena: „Klar wäre das schön, falls Clara es auch möchte. Doch lebe ich auf der Insel und dieses Leben werde ich nicht aufgeben."

Chiara: „Ich brauche dich auf dem Hof, Lena. Und dich, Clara auch. Alleine schaffe ich diesen Hof-Betrieb nicht."

Als Lenas Handy läutete, zog sie sich zurück. Nach der Ankunft von Antonio in der Finka auf Gran Canaria, telefonierte er mit seiner Verlobten Lena, die ihm alles erzählte. Er bat sie zu ihm zu kommen. Doch Lena wollte bei ihrer Mutter bleiben und ihrer Schwester helfen. Antonio wünschte sich ein Kind mit Lena.

Sie antwortete: „Jetzt ist nicht der richtige Zeitpunkt. Ich kann Chiara nicht alleine lassen, sie braucht mich."

Antonio reagierte enttäuscht und verletzt: „Deine Schwester ist kein Kind mehr. Selbst in den Bergen gilt man mit 28 Jahren als erwachsen."

Lena: „Sie braucht mich und ich werde für sie da sein."

Sie beendete das Gespräch und weinte.

Nach längerer Zeit kam Chiara zu Lena, sie fragte: „Du weinst? Lena, was ist mit dir?"

Lena antwortete: „Schon gut. Es ist alles in Ordnung. Okay, ich werde dir auf dem Hof helfen, aber nur solange, bis du es alleine schaffst."

Chiara war glücklich und umarmte ihre Schwester.

Von nun an, bewirtschafteten Lena, Chiara und Clara den Hof. Es schien voran zu gehen. Doch vermehrt wurde es für Chiara immer schwieriger. Bisher kannte sie die Kunden nur vom Namen her. Ihr Vater hatte die persönlichen Kontakte. Jetzt musste auch sie die persönlichen Kundenkontakte wahrnehmen, was ihr sichtlich schwerfiel. Eigenartige Blicke auf ihre Narben, verunsicherten sie sehr. Leider blieben auch unqualifizierte Äußerungen nicht aus. Chiara versuchte es geheim zu halten.

Als einige Kunden nicht mehr kamen, nahm sich Lena diesem Thema an. Persönlich fuhr sie zu den Kunden, um Bestellungen entgegenzunehmen und um den wahren Grund des Verbleibens zu erfahren. Die häufigsten Reaktionen waren auf den Tod des Gemüse-Landwirten zurückzuführen, was Lena aber widerlegen konnte. Immerhin lief der Hof weiter.

Bei einem Beuch in einem Nobel-Restaurant in der nächsten Stadt, bekam sie vom Chefkoch diese Antwort präsentiert: „Wenn ich weiterhin die Nobelgäste bekochen möchte, sollte ich die Herkunft des Gemüses beachten. Die Qualität des Gemüses sollte sich auch bei den Angestellten widerspiegeln. Auf dem Berger-Hof dürfte es eine Person geben, die, wie soll ich es formulieren, nicht der 1. Klasse entspricht."

Lena blieb ruhig und sachlich: „Wer der 1. Klasse entspricht, entscheidet der Chefkoch? Wenn das eine Anspielung auf meine Schwester sein sollte, die durch einen Autounfall, unverschuldet wohlgemerkt, zu ihren Narben kam, frage ich mich, wo die Klasse des Chefkochs bleibt. Wo genau oder inwieweit, entspricht sie nicht der 1. Klasse?"

Chefkoch Tom Burger: „Das kann ich persönlich nicht erläutern."

Lena: „Aha, also ein Chefkoch, der nicht selbst seine Zutaten einkauft? Ich leite ein 5 Sterne Hotel auf Gran Canaria und wenn mein Chefkoch es nicht der Mühe wert findet, seine Zutaten selbst auszuwählen, wäre er fristlos entlassen. Ich wünsche ihnen trotzdem einen wunderschönen Tag, Herr Burger."

Sprachlos stand der Chefkoch in seiner Küche.

Bei einem weiteren Besuch eines Gasthofes, bekam sie als Antwort: „Bei einer Kommune kaufe ich nicht ein. Das entspricht nicht unseren Grundsätzen."

Lena: „Verstehe ich. Inwieweit sollte der Berger-Hof einer Kommune gleichen?"

Gasthof-Wirt: „Leo Berger ist von uns gegangen. Das ist sehr tragisch. Sie treiben es mit demselben Mann wie ihre entstellte Schwester. Finden sie das in Ordnung?"

Lena: „Dass meine Schwester, wie alle anderen Menschen, sexuellen Verlangen nachgeht, finde ich völlig in Ordnung, ja. Ach, übrigens, wo ist meine Schwester entstellt?"

Gast-Wirt: „Das sieht man doch."

Lena: „Komisch. Ich als ihre Schwester sehe das nicht. Ich sehe meine Schwester als die hübscheste und beste Landwirtin mit dem frischesten Gemüse in der gesamten Region. Oder, meinen sie, ihre Narben im Gesicht? Diese stammen von einem Unfall, an dem sie Unschuldig war. Aber, entstellt? Da wissen sie mehr als ich. Aber, wenn sie das sagen, okay. Ich darf mich verabschieden?"

Während der gesamten Besuchertour, konnte sie keine einzige Bestellung aufnehmen. Dies führte auf dem Berger-Hof zu Frust und Verzweiflung.

Chiara spürte, dass es an ihr lag. Sie kam zu folgendem Entschluss: „Ich werde den Hof nicht weiter bewirtschaften. Solange Papa noch da war, funktionierte es ganz gut. Ich konnte im Hintergrund bleiben und die Kunden kauften bei uns ein. Jetzt ist alles anders und mein Aussehen ist der Untergang des Hofes."

Lena: „Triff keine voreiligen Entscheidungen. Der Berger-Hof liefert das beste Gemüse. Die Qualität und die Frische, sind einzigartig und über die Region hinaus bekannt."

Clara fügte hinzu: „Das sehe ich genauso. Ohne dich, gäbe es kein gutes Gemüse. Dein Vater wusste es ebenfalls. Er baute auf dein Können und dadurch wurde er bekannt. Vielleicht sollte ich wieder meinen Gemüseladen öffnen. Dadurch könnte ich dir, Chiara, die Kunden vom Hof fernhalten."

Lena: „Das ist keine gute Idee. Chiara darf sich nicht mehr verstecken. Sie ist jetzt die Chefin."

Chiara meldete sich zu Wort: „Schlafen wir noch eine Nacht darüber. Ich bin müde und mag heute nicht mehr diskutieren."

Als am nächsten Morgen die Sonne über dem Berger-Hof aufging, war die Stimmung sehr schattig. Ohne viele Worte gingen sie der täglichen Arbeiten nach. Clara war ebenfalls auf dem Hof und ließ ihren Laden geschlossen.

Für Überraschung sorgte das Erscheinen des Chefkochs Tom Burger.
Lena begrüßte ihn mit einem Lächeln: „Was verschafft uns die Ehre des Chefkochs?"

Tom lächelte und sagte: „Einen wunderschönen Guten Morgen Frau Berger. Ihre aussagekräftigen Argumente haben mich dazu veranlasst, mich selbst davon zu überzeugen."

Lena: „Das freut mich, Herr Burger. Ein guter Chefkoch sorgt selbst für gute Einkäufe. Überzeugen sie sich selbst. Meine Schwester Chiara wird sie gerne beraten."

Tom ging in den Gemüse Stadl und als Chiara ihn sah, versuchte sie ihr Gesicht zu verstecken. Tom lächelte sie an und begrüßte sie: „Guten Morgen. Ihre Schwester meinte, sie könnten mich beraten?"

Chiara antwortete eingeschüchtert: „Guten Morgen. Mit was darf ich ihnen dienen?"

Tom antwortete: „Was würden sie mir empfehlen?"

Chiara zeigte dem Chefkoch ihr frisch geerntetes Gemüse, aber Toms Blick war auf Chiara gerichtet. Eingeschüchtert versuchte sie immer wieder ihre Narben zu verstecken, bis Tom ihre Hand nahm und sagte: „Die Schönheit liegt immer im Angesicht des Betrachters. Ich sehe eine bezaubernde junge Frau, die mich mit ihren Augen verzaubert."

Chiara war erstaunt und sprachlos.

Tom lies ihre Hand wieder los und sprach weiter: „Verstecken sie ihre Schönheit nicht. Gut, Frau Berger. Aufgrund der einwandfreien Tomaten die sie mir präsentierten, werde ich heute den Speiseplan auf diese Tomaten legen. Sagen wir, 4 Kisten? Ach, da bräuchte ich aber noch etwas. Darf ich ihnen meinen Einkaufszettel geben?"

Chiara nahm das Stück Papier und sagte: „Sehr gerne. Wollen sie es gleich mitnehmen?"

Tom bejahte die Frage und war von ihrer Herzlichkeit genauso angetan, wie von ihrer Schönheit. Chiara trug ihr brünettes langes Haar offen. Ein weißes Sommerkleid bedeckte ihren schlanken Körper. Dabei sah sie wie eine Elfe aus. Tom war fasziniert von Chiara. Die Narben im Gesicht, fand er nicht so störend.

Lena beobachtete den Chefkoch aus der Ferne. Sie war überwältigt wie liebevoll er mit Chiara umging. Ihre gute Menschenkenntnis verriet ihr, dass er von Chiara sehr angetan war, wenn nicht sogar der Liebesfunke eingeschlagen hatte.

Auf den darauffolgenden Tagen wurden die Bestellungen wieder mehr. Auch Tom kam täglich auf den Hof, um seine Gemüsezutaten persönlich einzukaufen. Auch wenn es immer nur kurze Gespräche und kleine Gesten waren, so waren Tom und Chiara bereits sehr vertraut.

Darüber waren Lena und Clara sehr erfreut. Endlich gab es einen Mann, der Chiara so akzeptierte wie sie war. Nur Peter Gruber gefiel es nicht. Er war der Meinung, Chiara wäre ihm von Leo Berger versprochen worden. Anstatt um sie zu werben, machte er unsinnige und blöde Bemerkungen, die Chiara überhaupt nicht imponierten. Beim Dorfwirt sprach er sehr schlecht über Chiara und auch Tom. Der Chefkoch würde nur aus Mitleid mit ihr schlafen und bezeichnete Chiara als eine Frau, die man sehr leicht ins Bett bekommen würde. Abgesehen davon, hatten Chiara und Tom, bis zu diesem Zeitpunkt noch keinen sexuellen Kontakt. Die falschen Behauptungen drangen auch bis zu Tom durch. Einerseits fühlte er sich geschmeichelt, aber anderseits war er sehr verärgert. Nicht nur, dass er nun auch mit eigenartigen Blicken konfrontiert wurde sondern auch mit Aussagen wie: ob ihm nicht vor ihr ekelte, oder, wie kann man nur ein entstelltes Monster poppen. Hinzukam noch, dass seine Gäste zum Teil ausblieben.

In dieser Zeit kam ein Kunde zu Chiara auf den Hof und ließ sich beraten. Desinteressiert von dem was Chiara erklärte, sagte er: „Du kannst mir etwas zusammenstellen."

Dabei versuchte der Kunde, Chiara zu begrapschen und sexuell zu bedrängen.
Sie sagte: „Was soll das?"

Der Kunde: „Jetzt zier dich nicht so. Im Dorf erzählt man, dass du über jeden Fick erfreut bist. Jetzt komm schon. Sei doch froh, dass ich dich vernaschen werde. Es gibt nicht viele Männer, die mit einem hässlichen Monster ficken möchten."

Chiara wehrte sich: „Hör auf."

Der Kunde: „Dreh dich um, damit ich dein entstelltes Gesicht nicht sehen muss. Ich pack dich von hinten. Jetzt bück dich endlich."

Chiara schlug mit ihrer Hand in sein Gesicht und trat mit dem Fuß auf sein Schienbein. Dabei schrie sie so laut, dass auch Lena es hörte. Sie eilte zu Chiara und dabei sah sie, wie der Kunde ihr Kleid zerrissen hatte. Lena griff sich eine Schaufel und schrie ihn an: „Hör sofort auf und lass meine Schwester los."

Der Kunde schimpfte über die Frauen und rannte schließlich zu seinem Auto. Mit durchdrehenden Reifen fuhr er vom Hof.

Lena umarmte ihre Schwester. Der Schock saß tief.

Im Restaurant des Chefkochs ging es mittlerweile so weit, dass der Eigentümer, den Kontakt zu Chiara, Tom untersagte, zugunsten des Lokals. Daraufhin kündigte Tom.

Mit dieser schlechten Nachricht kam er auf den Hof. Chiara war am Boden zerstört und gab sich selbst die Schuld dafür.
Mit verzweifelter und weinender Stimme sagte sie: „Mit meinem Aussehen habe ich kein Recht zu leben. Ich zerstöre das Leben von Menschen, die ich liebe."

Lena wurde wütend: „Hör auf so zu reden, Chiara. Gib nicht dir die Schuld, nur weil es Idioten gibt."

Clara fühlte sich bestätigt. „Und das zeigt wieder einmal, wie schnell eine falsche Aussage über einen Menschen, eine Propaganda lostritt, ohne dass es die Menschen hinterfragen. Um cool zu sein, ihre Hörigkeit zu bestätigen und um sich in der Gruppe stark zu fühlen. Keiner schaltet sein Hirn ein, wenn so eine Lawine losgeht. Sie machen einfach mit und glauben dem Mächtigen, der die Lüge verbreitet hatte."

Lena antwortete: „Leider stimmt das, was du sagst, Clara."

Tom tat die Aussage von Chiara noch immer weh: „Mein Leben hast du bereichert und nicht zerstört."

Chiara reagierte frustriert: „Bereichert? Echt? Ich bin für dich eine Bereicherung? Hast du mich schon einmal nackt gesehen? Ich bin übersäht mit Narben, hast du diese schon gesehen?"

Tom blieb fragend und sprachlos. Chiara sagte: „Ich zeige dir deine Bereicherung."

Chiara zog ihr Kleid aus. Den BH schmiss sie in die Luft und die Unterhose ließ sich zu Boden gleiten, und sagte: „Ja, das ist deine Bereicherung. Und jetzt nimm mich, wenn du dich nicht vor mir ekelst."

Tom nahm ihre Hand und küsste diese. Dann sagte er: „Egal was du jetzt machst, ich finde dich sehr hübsch und sehr attraktiv. Nichts kann meine Empfindung für dich ändern."

Chiara schrie ihn an: „Dann fick mich jetzt, wenn du dich dabei nicht übergeben musst. Komm, auf was wartest du?"

Lena wollte einschreiten, aber Chiara stoppte sie: „Nein, Lena."

Dann blickte sie zu Tom und sagte: „Und? Was empfindest du jetzt? Doch nicht so erotisch, das Monster, oder?"

Lena schritt ein: „Chiara, es reicht."

Tom antwortete: „Das Monster in dir, mag ich nicht. Aber die Chiara, die ich kenne, die mag ich, sehr sogar. Deine Wunden gehören zu dir und können deiner Schönheit nichts anhaben. Sehr gerne würde ich mit der Chiara schlafen, die ich kennenlernen durfte. Aber in einem romantischen Ambiente."

Chiara stand nackt auf dem Hof und begann bitterlich zu weinen. Tom umarmte sie sehr liebevoll. Lena hob das Kleid auf und legte es um ihre Schwester. Dann umarmte Lena die beiden Verliebten. Clara und auch Lena, begannen ebenfalls zu weinen. Chiara war untröstlich und schämte sich für ihren Auftritt. Tom streichelte ihren Kopf und beruhigte sie.

Es war für alle beteiligten Personen eine sehr schwere Zeit auf dem Hof.

Am Abend desselben Tages saßen Lena, Chiara, Tom und Clara in der Stube und überlegten, wie es weitergehen sollte. Da gerade die Tomaten-Saison war, drängte die Zeit, bevor die Früchte verdarben.
Tom nannte einen Vorschlag: „Ich kenne gute Köche, die erstklassiges Gemüse brauchen können. Hierbei müsste erfragt werden, wie schnell der Transport ins Ausland wäre."

Lena sagte: „Daran hatte ich auch schon gedacht. Bei mir im Hotel in Playa de Ingles, könnten wir es auch benötigen."

Chiara hatte Bedenken: „Eigentlich war immer unser Gedanke, vordergründlich die Regionalität gewesen. Frisch vom Strauch zum Konsumenten. Anderseits, wenn es die regionalen Kunden nicht möchten?"

Lena: „Jetzt ist die Hauptsaison. Wir müssen jetzt handeln und jetzt entscheiden. Was sagst du Clara?"

Clara: „Der Hof muss leben, egal wie."

Lena: „Gut. Wenn ihr einverstanden seid, werde ich morgen früh telefonieren, was machbar wäre. Und, Tom. Könntest du deine Kontakte auch fragen, inwieweit sie Interesse hätten?"

Tom: „Selbstverständlich. Wenn ich morgen komme, werde ich bereits Information haben."

Chiara fragte vorsichtig: „Wenn du morgen kommst? Und was wäre, wenn du schon hier wärst? Also, gar nicht heim fährst?"

Tom lächelte und gab als Antwort: „Wäre das klug?"

Chiara: „Ob das klug wäre, weiß ich nicht. Ich würde eher sagen, im wirtschaftlichen Interesse."

Tom: „Aha, im wirtschaftlichen Interesse. Und wie steht es mit dem privaten Interesse?"

Chiara lachte laut und Lena wurde es zu mühsam, sie sagte: „In eurem beidseitigen Interesse und Punkt. Tom hat Chiara sowieso schon nackt gesehen, also was solls."

Daraufhin lachten alle zusammen.

Während der fröhlichen Stimmung, sagte Lena zu Clara: „Es ist alles sehr eigenartig. Ich kenne dich schon seit meiner Geburt. Du gehörtest schon immer zu unserer Familie. Wir sind uns sehr vertraut. Und jetzt, seit wenigen Tagen weiß ich, dass du meine leibliche Mutter bist. Ich möchte es gerne offiziell machen. Ich kann zu meiner Mutter nur Mama sagen, wenn es auch auf dem Papier steht."

Clara bekam feuchte Augen und sagte: „Es wäre mir eine besondere Freude, Lena."

Lena nahm Clara in ihre Arme und fragte Chiara: „Nur wenn es für dich in Ordnung wäre. Ab dann, wären wir offiziell nur Halbschwestern."

Chiara: „In meinem Herzen wirst du immer meine Schwester sein, aber auch meine 2. Mama. Immerhin hast du mich ab dem 8. Lebensjahr erzogen und mütterlich versorgt. Egal was auf einem Papier steht."

Clara: „Trotz Euphorie, bedenkt aber auch, dass dies wieder ein Zündstoff fürs Dorf sein wird."

Lena: „Da stehen wir darüber. Wir sind eine Familie. Und Tom, es wäre sehr schön, dich auch in unserer Familie aufnehmen zu dürfen."

Tom fühlte sich geschmeichelt und Chiara kuschelte sich ganz nah zu ihm.

Zur späten Stunde ging Clara als Erste zu Bett. Dann nahm Chiara ihren Tom an der Hand und ging mit ihm in ihr Zimmer. Lena blieb noch in der Stube.

Chiara stand gegenüber Tom vor dem Bett im Zimmer. Sie knöpfte langsam sein Hemd auf und sagte dabei: „Sei nicht ein Mann, der mich als Trophäe sieht. Sei nicht der Mann, der mit meinen Gefühlen spielt und darauf herumtrampelt. Sei nicht der Mann, der mich als Füllstation sieht und benutzt. Sei nicht der Mann, der mein Herz in Teile reißt. Ich bin sehr verletzlich."

Als sein Hemd offen war, zog er aus. Nun streichelte er Chiaras Hals und Gesicht. Langsam glitt er über ihre Narbe im Gesicht, die vom rechten Ohr, über die Wange und zum Mundwinkel führte. Zeitgleich streichelte er mit der anderen Hand ihre linke Gesichtshälfte und sagte: „Du bist wunderschön."

Tom zog ihr Kleid aus und streichelte nun ihre Narbe von der rechten Schulter bis zum BH. Diesen öffnete er gekonnt und ließ diesen fallen. Die Narbe zog sich weiter bis zur Brustwarze, die gar nicht mehr vorhanden war. Er küsste ihren vernarbten Busen und sagte: „Es bist genau du, Chiara, die ich liebe."

Danach legte er sie auf das Bett und zog ihren Slip aus. Die Narbe an Chiara ging von der rechten Po-Backe über die Vorderseite des Oberschenkels bis zum Knie. Es waren an die 40 Stiche, entlang dieser Narbe. Ihr Intimbereich war glattrasiert und sehr gepflegt. Er lächelte sie an und sagte: „Ich fühle mich sehr geehrt, dich lieben und begehren zu dürfen."

Chiara sagte: „Wie kannst du mich mit diesen Narben begehren?"

Tom antworte: „Ich sehe deine Schönheit und dein liebevolles Wesen unter diesen Narben, die übrigens nicht ekelig sind. Ich bin deinen Narben dankbar. Ohne diese Narben, würdest du vielleicht gar nicht leben."

Chiara kamen die Tränen und als Tom seine Hose ausgezogen hatte, durfte sie ihn mit seiner ganzen Männlichkeit spüren. Er war sehr einfühlsam und sehr zärtlich. Dies genossen sie die ganze Nacht.

Für Chiara ging ein langersehnter Traum in Erfüllung. Tom war ihr zweiter sexueller Kontakt nach dem Dreier mit Antonio und Lena.

Am nächsten Morgen, noch bevor Lena mit ihrem Hotel telefonieren konnte, stand Antonio hinter ihr.

Er begrüßte sie: „Hallo Lena."

Lena drehte sich erschrocken um und sagte dann: „Antonio."

Sie sprang auf, umarmte ihn und küsste ihren Verlobten.

Überwältigt vor Freude fragte sie: „Seit wann bist du hier? Warum hast du nichts gesagt?"

Antonio: „Ich hatte Sehnsucht und wollte dich überraschen."

Lena: „Das ist dir gelungen. Ich freue mich so sehr, dich wiederzusehen."

Antonio: „Und warum hast du dich von mir getrennt?"

Lena: „Das habe ich doch gar nicht. Wie kommst du darauf?"

Antonio: „Das letzte Telefonat, hast du einfach beendet, ohne ein, ich liebe dich, oder einem Tschüss."

Lena: „Ich war sauer. Du hattest mich vor eine Wahl gestellt. Ich liebe dich und trotzdem lasse ich meine Schwester nicht im Stich."

Antonio: „Was ist mit uns, Lena? Wir haben ein gemeinsames Leben auf Cran Canaria. Das Hotel braucht dich ebenfalls. Komm zurück, Lena."

Lena: „Ich brauche noch Zeit. Chiara braucht noch Unterstützung."

Antonio: „Chiara, es liegt immer an Chiara. Kann es sein, dass du gar nicht zu mir zurückkommen möchtest?"

Lena: „Hör auf so zu reden, Antonio."

Antonio: „Wenn du mich liebst, dann komm zurück."

Lena: „Es geht nicht. Jetzt noch nicht."

Antonio sagte: „Schade, ich dachte du würdest mich lieben."

Ohne weitere Worte ging er aus dem Haus. Weinend stand sie wie versteinert im Zimmer und ließ ihre große Liebe ziehen.
Chiara bekam die Unterhaltung mit und sagte zu ihrer Schwester: „Hol ihn dir zurück, Lena. Folge ihm und lass ihn nicht gehen."

Lena weinte und folgte ihm nicht. Daraufhin rannte Chiara zum Auto und fuhr Antonio hinterher. Als sie seinen Wagen eingeholt hatte, stoppte sie ihn.

Sie ging zu Antonio und sagte: „Fahr zurück zu Lena. Sie braucht dich."

Antonio: „Lena braucht mich nicht. Wenn sie mich lieben würde, wäre sie zurückgekommen."

Chiara: „Du spinnst doch, natürlich liebt sie dich."

Antonio wurde ganz ruhig und sagte: „Wenn sie mich lieben würde, wäre sie zurückgekommen und würde mit mir ein Kind bekommen."

Chiara sah seine Traurigkeit und setzte sich auf den Beifahrersitz. Sie versuchte ihre Schwester zu verteidigen: „Antonio. Für Lena ist ein Kind, nicht eines, mit dem man Ball spielt oder mit Autos oder Puppen. Für Lena bedeutet ein Kind, Ängste zu haben, eine große Verantwortung tragen zu müssen. Antonio. Lena war 12 Jahre, als sie die Mutterrolle für mich übernommen hatte. Ich war 8 Jahre und Lena musste von einem Tag auf den anderen, erwachsen sein. Meinetwegen, verstehst du, Antonio?"

Schweigend saßen sie noch im Auto und Antonio dachte über Chiaras Worte nach.

Als Tom aufgestanden war und sich auf die Suche nach Chiara begab, traf er die weinende Lena. Er setzte sich zu ihr. Wortlos streichelte er ihren Kopf. Lena sagte nach einiger Zeit: „Ist schon gut, Danke."

Lena wischte sich die Tränen aus dem Gesicht, zupfte an ihren Haaren und richtete ihr Kleid zurecht. Dann sagte sie: „Eure gemeinsame Nacht war schön? Sorry, aber es war nicht zu überhören."

Tom lächelte und antwortete: „Chiara ist eine wunderbare Frau."

Lena: „Gut, wenn ein Genießer schweigt, war es meistens hervorragend. Obwohl es mir nicht zusteht, möchte ich dir aber noch etwas auf den Weg geben. Spiele nicht mit ihren Gefühlen und behandle sie immer mit Respekt und Anstand. Chiara hat es sich verdient, okay?"

Tom: „Chiara ist zu wertvoll, um mit ihren Gefühlen zu spielen. Darf ich dich etwas sehr persönliches fragen?"

Lena: „Klar doch."

Tom: „Chiara erwähnte etwas von einem Dreier mit dir? Und dass sie bisher nur einmal das Vergnügen haben konnte. Stimmt das?"

Lena lächelte verlegen und sagte: „Oh, jetzt wird es für mich peinlich. Ja, vor vielen Jahren hatte sie mit meinem Antonio ihren ersten Sex. Ich war mittendrin in diesem Vergnügen. Ob das nun auch ihr letztes Mal war, weiß ich nicht."

Tom: „Also habe ich es richtig interpretiert. Danke für deine Offenheit."

Lena: „Ist es für dich ein Problem, jetzt wo du es weißt?"

Tom: „Nein, auf keinen Fall."

Lena: „Schön zu hören, denn das sollte es auch nicht. Ich bin auf den damaligen Dreier auch nicht wirklich stolz."

Tom: „Bereust du es heute?"

Lena: „Bereuen? Nein, bereuen tue ich es auch nicht. Es war eine schöne Erfahrung. Trotzdem darf man nicht vergessen, Chiara ist meine kleine Schwester. Ob das moralisch vertretbar ist?"

Tom: „Gegenüber wem, sollte es moralisch vertretbar sein? Wenn jeder von euch dazu steht und es euch gefallen hatte, dann sehe ich keine moralischen Bedenken. Was außenstehende Personen dazu sagen, ist meiner Meinung nach, zweitrangig."

Lena: „Das sah unser Vater ganz anders. Er erwischte uns dabei. Oh Gott, war das peinlich. Das machte ein tolles Bild für ihn. Chiara und ich waren gerade bei einem heißen Zungenkuss und Antonio hatte gerade seinen Orgasmus, in Chiara wohlgemerkt. Also, peinlicher geht es wohl kaum noch. Danach vertrieb er uns mit einer Mistgabel vom Hof. Also, du siehst, darauf kann man nicht wirklich stolz sein, oder?"

Tom: „Was wäre gewesen, wenn euer Vater es nicht gesehen hätte?"

Lena lachte: „Dann wäre es ein super Dreier gewesen, vermutlich mit Fortsetzungen. Jetzt aber Schluss damit. Ich muss meinen Kopf wieder frei bekommen. Wie war es bei eurem ersten Mal zusammen?"

Tom: „Ohne Übertreibung, purer Wahnsinn. So eine Frau wie Chiara hatte ich noch nie. Auffallend war, dass sie zu Beginn sehr schüchtern, zurückhaltend und unsicher war. Doch nach einiger Zeit erwachte in ihr, die Tigerin, die nicht genug bekam. Das wäre eventuell die Erklärung, dass sie bisher nur einmal Sex hatte."

Lena lachte: „Eine Frau tickt etwas anders. Ich bin mir sicher, du hattest die Tigerin in ihr erweckt. Stille Wasser sind tief, sagt man. Also gut, Tom. Wir sollten beide telefonieren, damit der Hof wieder in Schwung kommt."

Lena rief den Chefkoch in ihrem Hotel an. Sie vereinbarte, die komplette Tomatenernte nach Gran Canaria in ihr Hotel zu bringen. Das Problem dabei war nicht die Zustellung, sondern die Mengen, da die Früchte unterschiedlich reifen würden. Jeden Tag ein paar Kisten wäre sehr aufwendig und unwirtschaftlich.
Währenddessen kamen Antonio und Chiara auf den Hof. Lena informierte die Beiden darüber.

Antonio machte einen Vorschlag: „Ich muss morgen früh wieder in das Hotel. Da kann ich etwas mitnehmen. Jetzt ist die Frage, wann du auf die Insel kommst und weitere Kisten liefern kannst?"

Lena: „Das kommt auf die Früchte an. Chiara, wie sieht es mit der Ernte aus?"

Chiara: „Für morgen früh wird sicher eine ganze Menge zusammenkommen. In etwa 3 Tagen, der nächste Schub. Dann wären wir etwa bei 60 bis 65 Prozent. Aber, was ist dann? Bei den Tomaten ist es so, dass permanent welche reif sind."

Lena: „Ja gut, aber immerhin hätten wir an die 65 Prozent verkauft. Vielleicht erreicht Tom auch noch etwas. Wir könnten ihn ja fragen. Weiß jemand, wo er ist?"

Chiara: „Er telefoniert neben dem Gemüse Stadl. Ah, er dürfte fertig sein. Er kommt zu uns."

Lena fragte Tom: „Konntest du etwas erreichen?"

Tom: „Ja, es sind einige Köche bereit, für gute Qualität mehr zu bezahlen. Manche würden sogar den Transport übernehmen."

Lena: „Das ist großartig, Tom."

Lena berichtete Tom, über den aktuellsten Stand. Gemeinsam beschlossen sie, den angefangenen Tag gemütlich ausklingen zulassen. Für den nächsten Tag mussten sie dafür sehr früh aufstehen, um das Gemüse für den Transport nach Gran Canaria fertig zu machen.

Clara bremste die Freizeitstimmung: „Für morgen früh, müssen alle Kisten vorgereinigt werden. Das schaffe ich niemals alleine."

Tom sagte: „Antonio, wollen wir gemeinsam unseren Frauen zeigen, was Männer alles schaffen?"

Antonio war einverstanden und Lena sagte lachend: „Wir Frauen kümmern uns ums Essen."

Voller Energie gingen Tom und Antonio an die Arbeit. Clara zeigte ihnen, was zu tun war. Nach der kurzen Einweisung, lief alles Hand in Hand.

Antonio fragte Tom: „Sorry, aber bist du mit Chiara zusammen? Chiara hatte so ein Leuchten in den Augen und jetzt weiß ich nicht, wie ich das einschätzen soll."

Tom: „Ja. Ich übernachtete zum ersten Mal bei ihr. Chiara ist eine tolle Frau."

Antonio: „Ja, das ist sie. Seit wann seid ihr ein Paar?"

Tom: „Seit gestern? Kennen tun wir uns erst seit ein paar Tagen. Aber bei mir hatte es gleich gefunkt."

Antonio: „Und ihre Wunden und Narben? Kannst du damit umgehen?"

Tom: „Ja definitiv. Ich liebe sie, so wie sie ist. Ich verstehe nicht, warum Männer sie abstoßend finden."

Antonio: „Das verstehe ich auch nicht. Ich kenne sie schon lange und vielleicht sehe ich ihre Narben gar nicht mehr, was andere Typen sehr wohl sehen. Wenn sie keine Narben hätte, wäre

Chiara ein Super-Topmodel. Der Playboy würde ihr jede Gage zahlen. Weißt du was ich meine?"

Tom lachte und bestätigte diese Feststellung.

Während Tom und Antonio über ihre Frauen quatschten, kam Justus Winkler auf den Hof. Clara hatte ihn gebeten, bei der Mutterschaft behilflich zu sein. Clara ging sofort zu Justus hinaus. Sie standen neben seinem Auto und er sagte: „Lena weiß also Bescheid, dass du ihre Mutter bist?"

Clara nickte und Justus sagte weiter: „Es ist gar nicht so einfach, neue Dokumente auszustellen. Was ist es dir Wert, Clara?"

Clara fragte: „Was meinst du? Natürlich bezahle ich die üblichen Amtskosten."

Justus lächelte und sagte: „Mit den üblichen Amtskosten werden wir hier nicht weiterkommen. Auch meine Wege als Bürgermeister sind beschränkt. Auf mich kommt eine gewaltige Arbeit zu, um euch neue Dokumente zu verschaffen. Dabei musst du dir schon etwas besonderes einfallen lassen. Alles hat seinen Preis, Clara."

Clara: „An was hattest du gedacht? Stell mir doch einfach eine Rechnung aus."

Justus: „Eine Rechnung? Ich dachte eher an körperliche Dienste. Wie oft du mich sexuell befriedigen wirst, hängt vom Aufwand der Dokumente ab."

Clara: „Du spinnst doch. Wäre das im Sinne deines besten Freundes?"

Justus näherte sich Clara. Er fasste sie am Po und sagte: „Das sind doch nur Liebesdienste. Deine und Lenas neue Dokumenten, sollten es dir schon wert sein."

Clara wehrte sich und sagte: „Niemals."

Justus gab nicht auf. Er bedrängte und betatschte sie weiterhin: „Du solltest mir doch dankbar sein. Du verstaubst doch schon als alte Jungfrau."

Lena kam hinzu und sagte: „Lass sie sofort los. Du solltest dich schämen. Mein Vater hätte dir jetzt eine geknallt."

Justus: „Dein Vater? Weißt du was dein Vater getan hätte? Er hätte Clara eine geknallt. Für ihn war es eine Ehrensache, Dankbarkeit zu zeigen. Aber okay, ihr beide könnt ja gemeinsam meinen Aufwand entschädigen."

Lena: „Verschwinde sofort von unserem Hof."

Wütend und enttäuscht gingen sie wieder in das Haus. Sie vereinbarten, ihren Männern nichts zu sagen, damit die Sache nicht unnötig aufgebauscht wird.

Lena kam zum Entschluss: „Justus brauchen wir nie wieder um irgendetwas, Bitten. Wir gehen einfach zu die Ämter und werden es so machen, wie sie uns es sagen werden. Alles offiziell und amtlich, okay?"

Clara: „Ja. Es war dumm von mir zu glauben, Justus würde uns hierbei helfen. Auch wenn er der beste Freund von deinem Vater war, so war er auch schon immer ein Schwein. Ich traute ihm noch nie. Seine sexuellen Anspielungen, gingen mir schon sehr auf die Nerven, aber Leo lachte darüber immer."

Chiara meldete sich ebenfalls zu Wort: „Ich konnte bisher nichts Schlechtes über ihn sagen. Er respektierte mein Aussehen und war immer sehr freundlich und zuvorkommend. Er war einer der wenigen Männern, die mich nicht blöd angeschaut hatten und dumme Sprüche losgelassen hatte. So wie heute, kannte ich ihn nicht."

Als Tom und Antonio nach geleisteter Arbeit in die Küche kamen, waren Clara, Chiara und Lena noch beim Zubereiten des Essens. Sie deckten gemeinsam den Tisch in der Stube und genossen dann das Festmahl.

Bis in die Abendstunden, war es ein gemütliches Beisammensein. Zur selben Zeit begaben sie sich in ihre jeweiligen Zimmer. Nur Clara, als alleinstehende Frau musste alleine schlafen.

Zeitig in der Früh, um 4 Uhr standen Clara und Chiara als Erste auf. Sie begannen bereits mit der Gemüseernte, die Antonio mit dem Flugzeug nach Playa de Ingles mitnehmen wollte. Lena, Antonio und Tom kamen kurz nach 5 Uhr zur Unterstützung.

Zusammen hatten sie trotz Schlafmangel, viel Spaß bei der Ernte. Ihre Arbeit wurde belohnt. Immerhin schafften sie 600 kg Tomaten für den Transport zu verpacken. Mehr hatte Antonio bei der Airline auch nicht angemeldet gehabt. Tom brachte Antonio samt den Kisten zum Flughaben in Graz. Antonio checkte ein und Tom gab die angemeldete Ware ab.

Anschließend eilte er zurück zum Hof um seine Chiara wieder in seine Arme nehmen zu können. Er war Hals über Kopf in sie verliebt. Ein Leben ohne Chiara, käme für ihn nicht mehr in Frage. Solche tiefen Gefühle des Verliebtseins, kannte er bisher nicht.

Am Hof war Clara sehr verzweifelt. Kein einziger Kunde war zu sehen. Ihren Vorschlag, den Gemüseladen wieder zu öffnen, lehnte Lena ab.

Sie sagte: „Wir bringen das Gemüse, gewinnbringend an. Nichts wird übrigbleiben. Ich denke, es ist jetzt vielleicht wichtiger, Chiara hier am Hof zu unterstützen. Was mir noch sehr wichtig ist, dass wir beide, bevor ich wieder nach Gran Canaria fliege, die Zeit miteinander verbringen. Apropos, auf die Bezirkshauptmannschaft sollten wir auch noch gehen."

Clara: „Macht das nicht das Standesamt?"

Lena: „Tja, da werden wir uns durchfragen. Wollen wir das jetzt gleich machen?"

Clara sagte: „Ja, sehr gerne. Fragen wir Chiara ob sie uns entbehren kann."

Chiara war einverstanden. Immerhin hatte sie ihren Tom auf dem Hof. Somit machte sich Lena mit ihrer leiblichen Mutter Clara auf den Weg zu den Behörden.

Chiara und Tom nutzten die Zeit, für erotische Stunden. Nach der schweißtreibenden Arbeit gingen sie gemeinsam duschen und dann liebten sie sich im Bett weiter."

Lena kämpfte sich mit Clara durch den Behörden-Dschungel. Es war gar nicht so einfach, eine andere Mutter eintragen zu lassen. In der Geburtsurkunde stand Maria Berger, die aber nicht ihre leibliche Mutter war. Es dauerte eine gefühlte Ewigkeit bis das Amt das verstand. Der zuständige Beamte bestand auf einen Mutterschaftstest, denn da könnte ja jeder etwas behaupten. Eine Adoption, was für die Behörde einfacher gewesen wäre, lehnten sowohl Lena als auch Clara ab. Sie sind Mutter und Tochter und das sollte auch genauso eingetragen sein.

Für den Mutterschaftstest fuhren sie unverzüglich direkt in ein Labor. Die Auswertung der DNA, beschleunigte Lena mit etwas Zusatzgeld in bar. Mit dem erfreulichen Ergebnis begaben sie sich wieder zum gleichen Beamten. Dieser akzeptierte den DNA-Test. Jedoch wurde er stutzig, bezüglich des Ablebens von Maria Berger.

Er sagte: „Für ihren Wunsch, eine andere Mutter eintragen zu wollen, ist es nicht relevant, aber, sie sagten mir, Maria wäre bei einem Autounfall verstorben, ebenso der andere Verkehrsteilnehmer. Auf der Sterbeurkunde steht. Ableben durch tödliche Verletzungen bei Verkehrsunfall. Das passt soweit alles, aber was ist mit dem anderen Verkehrsteilnehmer geschehen? Die Akte wurde im Nachhinein geändert, und zwar vom Bürgermeister, damals Polizeibeamten, Herrn Justus Winkler. Zuerst überlebte dieser Mann und später war er doch tödlich verunglückt? Da stimmt etwas nicht. Haben sie diesbezüglich mehr Informationen als unser Computer?"

Lena wunderte sich und sagte: „Nein. Uns wurde nur gesagt, dass der Unfallverursacher ebenfalls sofort Tod war, wie unsere Mutter, also Maria Berger."

Der Beamte sagte: „Okay? Ich werde den Akt prüfen lassen und es weiterleiten. Immerhin sollte alles seine Richtigkeit haben. Nun zu ihrem eigentlichen Anliegen. Ich gratuliere ihnen zu den neuen Dokumenten. Auf ihren Wunsch, wurde ihre leibliche Mutter eingetragen und bei ihnen, habe ich Frau Lena Berger, als ihre leibliche Tochter hinzugefügt."

Clara fragte: „Hinzugefügt? Habe ich noch ein Kind, von dem ich nichts weiß?"

Der Beamte lächelte und sagte: „Nein, ich bitte um Verzeihung. Ich meinte im Sinne von eingetragen."

Auf dem Heimweg sprachen sie über die Frage des Beamten, wegen dem Unfallgegner. Beide spürten und ahnten sie, dass hier etwas sehr eigenartig war. Was hatte Justus Winkler damit zu tun?

Als sie auf den Hof kamen, waren Chiara und Tom noch immer sexuell aktiv. Anscheinend konnten sie nicht voneinander genug bekommen. Lena und Clara lachten und freuten sich für das Liebespaar. Um sie nicht zu stören, gingen sie vor das Haus und stießen auf ihre offizielle Mutter-Kind-Beziehung an.

Gestört wurden sie durch das Erscheinen von Peter Gruber. Er fragte Lena: „Wo ist Chiara?"

Lena antwortete: „Sie ist beschäftigt. Was kann ich für dich tun?"

Peter: „Ich brauche Chiara. Wo ist sie beschäftigt? Ist sie bei der Ernte?"

Lena: „Nein, sie ist anderwärtig beschäftigt. Was brauchst du? Kann ich dir helfen?"

Peter wurde ungeduldig: „Nein, verdammt noch einmal. Ich brauche Chiara. Ist dieser bescheuerte Koch bei ihr?"

Lena: „Meinst du mit bescheuertem Koch, vielleicht Tom? Du, er ist ein klasse Typ. Und ja, er ist bei Chiara."

Peter wurde zornig: „Jetzt lässt sie sich wirklich von diesem Typen ficken? Ich bin mit ihr zusammen."

Lena: „Hey, zügle deinen Tonfall. Warum sollte sie mit dir zusammen sein?"

Peter schrie: „Weil es so ist. Diese Hure soll sofort herkommen."

Durch das Geschreie, wurden Chiara und Tom aufmerksam. Chiara legte sich einen Bademantel an und blickte aus dem Fenster und fragte: „Was ist hier los? Warum schreist du so?"

Peter schrie sie an: „Du Hure lässt dich von diesem schmierigen Typen ficken? Spinnst du komplett?"

Chiara: „Was soll das? Verschwinde von unserem Hof."

Peter: „Dein Vater hat dich, mir versprochen. Warum glaubst du, war ich immer für euch da? Nein, nicht aus Nächstenliebe, sondern weil Leo mir versprach, dich zur Frau zu bekommen, damit unsere Höfe vereint werden. Also, komm jetzt endlich herunter."

Chiara: „Du spinnst doch. Hau ab."

Lena mischte sich ein: „Du hast es gehört. Es wird wohl besser sein, du gehst jetzt einfach und überdenkst deinen Ton."

Peter: „So einfach könnt ihr mich nicht vom Hof werfen. Es gibt eine Vereinbarung mit Leo."

Lena: „Achja? Zeige sie mir?"

Peter: „Es ist eine mündliche Vereinbarung. Das entstellte Monster gehört mir."

Lena: „Es reicht, verschwinde sofort von unserem Hof."

Peter: „Nein, nein. Was ist mit den unzähligen Stunden, die ich für euch geopfert hatte?"

Lena: „Schick uns eine Rechnung und jetzt hau sofort ab. Lass dich hier nie wieder blicken. Du hast Hof-Verbot."

Geschockt von diesem Aufritt, kamen Chiara und Tom aus dem Haus. Sie setzten sich zu Lena und Clara.
Chiara war entsetzt und sagte: „Dieser Peter ist echt komplett verrückt geworden. Niemals hätte mich Vater, ihm versprochen."

Clara äußerte sich: „Da sei dir nicht so sicher, Chiara. Dein Vater hatte sehr wohl diesen Gedanken geäußert. Er würde es begrüßen, wenn der Berger-Hof mit den Grubers zusammen gehen würde. Dadurch hättest du eine Absicherung und einen Mann."

Chiara: „Hat er das wirklich so gesagt?"

Clara: „Ja, er wollte dich abgesichert sehen."

Chiara war entsetzt: „Aber doch nicht mit dem Gruber."

Lena nahm Chiaras Hand und sagte: „Lass gut sein. Wie auch immer es Vater gemeint hatte. Sieh doch, dein Traum-Prinz sitzt neben dir. Das ist das was zählt, okay?"

Chiara fing zu lächeln an und antwortete: „Ja, Tom ist mein Mann und sonst niemand."

Anschließend küsste sie leidenschaftlich ihren Tom. Lena äußerte: „War die Zeit für eure Zweisamkeit zu gering?"

Chiara lachte und sagte: „Ja, eigentlich schon."

Lena. „Dann husch ins Bettchen, ihr Zwei. Und schließt das Fenster. Außer ihr wollt ein Porno-Hörspiel fabrizieren."

Chiara nahm ihren Tom an der Hand und eilte mit ihm ins Zimmer.
Clara holte eine Flasche Rotwein, setzte sich zu Lena und sagte: „Jetzt erzähl mir etwas von deinem Leben auf Gran Canaria und deinem Verlobten Antonio."

Bis in die späteren Nachmittagsstunden, waren Chiara und Tom auf dem Zimmer. Erschöpft kamen sie zu Lena und Clara vor das Haus.
Lena konnte es sich nicht verkneifen und sagte: „Was, schon fertig? Wie war es?"

Chiara schwärmte: „Fantastisch und unbeschreiblich schön. Es fühlte sich wie eine Mischung aus Erdbeben und Vulkanausbruch an."

Lena lachte: „Ja, das spürten wir auch hier draußen. Habt ihr das Finale erreicht, oder macht ihr eine Pause?"

Chiara: „Pause, weil Tom nachhause muss, um ein paar Klamotten zu holen."

Da er überhaupt kein Reservegewand hatte, musste er sich aus seiner Stadtwohnung etwas besorgen. Jedoch versprach er Chiara, noch am Abend wieder bei ihr zu sein.

Im Dorf beobachtete Peter zufällig, wie sein Nebenbuhler Tom vom Berger-Hof kam. Dies nutze er als Chance und fuhr sofort zu Chiara. Trotz Wiederstandes von Lena und Clara, bekam er sein gewünschtes Gespräch unter 4 Augen mit Chiara. Sie spazierten gemeinsam auf die Alm.

Chiara fragte: „Was willst du mit mir reden?"

Peter: „Es ist doch sehr schön, wenn wir uns wieder einmal unterhalten können. Schau, Chiara. Wir kennen uns schon so lange. Wir sind uns vertraut. Habe ich dir jemals etwas schlechtes getan?"

Chiara: „Abgesehen von den unzähligen blöden Sprüchen und sexuellen Belästigungen?"

Peter: „Das machte ich doch nur aus Liebe zu dir. Ich bin ein primitiver Mann, der die Romantik nicht ausdrücken kann. Da kommen, leider oft, Bosheiten aus meinem Mund. Ich habe es nicht gelernt, wie man offen über Gefühle oder über die Liebe spricht. Doch im Endeffekt, war ich immer für dich da, oder nicht?"

Chiara: „Ja, okay, was willst du mir damit sagen?"

Peter: „Ich möchte dich vor deinem neuen Freund warnen."

Chiara: „Oh bitte. Das kannst du dir sparen."

Peter: „Warte doch einmal ab, was ich dir sagen möchte. Tom hatte ständig irgendeine Affäre am Laufen. Immer wenn die jeweilige Frau Geld hatte, fing er mit diesen Frauen etwas an. Es sind immer Hintergedanken im Spiel. Das macht er schon sehr lange und auch sehr erfolgreich. Wo glaubst du, ist er gerade hingefahren?"

Chiara: „Nachhause um frische Klamotten zu holen."

Peter: „Das sagte er dir. Seine Verlobte, die übrigens als Kellnerin im selben Restaurant arbeitet, lebt mit ihm in der gleichen Wohnung."

Chiara: „Das glaube ich dir nicht. Außerdem hat er im Restaurant gekündigt."

Peter: „Nein, da bist du falsch informiert. Er hat sich beurlauben lassen, damit er dein Vertrauen gewinnt. Seine Verlobte weiß Bescheid. Sie spielen dieses Spiel schon sehr lange. Einmal beginnt sie eine Affäre mit einem lukrativen Gast und dann wieder er. Sie bereichern sich durch diverse Affären und decken sich gegenseitig. Ihr gemeinsames Zusatzeinkommen durch ihre vorgespielten Affären, belaufen sich ins Unermessliche. Sie sind ein Gauner-Pärchen. Frag ihn einmal, wie viele Immobilien, Autos und weitere Luxusgüter er mit seiner Verlobten besitzt. Frag doch seinen besten Freund, er ist der Manager im Restaurant. Er duldet es, solange das Restaurant keinen Schaden erzielt."

Chiara: „Warum erzählst du mir das? Ich bin doch nur ein hässliches Monster."

Peter: „Nein, weil ich dich liebe, Chiara. Dieser Tom wird dich finanziell ausnehmen und er spielt mit dir."

Chiara: „Und du? Dich interessiert doch nur mein Hof."

Peter: „Das stimmt nicht. Das wollte dein Vater. Er strebte eine Zusammenlegung an, weil er sich den Hof nicht mehr leisten konnte. Schau dir doch einmal genau seine Bücher an, dann wirst du es schwarz auf weiß sehen. Er jonglierte mit verschiedenen Konten, um sich über Wasser zu halten. Er hatte mehr Ausgaben als Einnahmen. Schau dir seine Bankkonten an, dann wirst du es sehen. Glaube mir, ich lüge dich nicht an."

Chiara: „Warum weißt du über seine Buchhaltung mehr als ich?"

Peter: „Er bat mich um Hilfe und zeigte es mir. Ich war immer für euch da, aber eine Zusammenlegung unserer Höfe habe ich immer abgelehnt. Auch darüber sollte in seinen Unterlagen ein vorgeschriebener Vertrag sein, den ich nicht unterzeichnete. Auch wenn du mir nicht glaubst, sieh selber nach, okay? Jetzt lass uns zurück gehen, bevor deine Schwester sich Sorgen macht."

Als sie zusammen auf den Hof kamen, fuhr Peter wieder fort. Chiara schnappte sich Lena und Clara um die Unterlagen von Leo nochmals durchzusehen. Sie erzählte ihnen von Peters Erzählungen. Trotz Misstrauen, suchten sie gemeinsam nach Beweisen.

Und prompt, Lena sagte: „Hier ist der Vertrag, den Peter meinte, nehme ich an. Er ist von Vater unterschrieben. Es geht um die Hof-Zusammenlegung, Berger und Gruber. Kein Gruber hatte diesen Vertrag unterzeichnet."

Chiara fand auch noch die verschiedenen Konten. Sie sagte: „Warum haben wir das nicht schon früher gesehen? Hat Peter die Wahrheit gesagt? Was ist da los?"

Lena: „Jetzt müssen wir ruhig bleiben und alles ganz genau durchsehen. Wir dürfen uns nicht verrückt machen lassen."

Chiara: „Was ist, wenn Peters Aussagen wegen Tom auch stimmen? Tom wird demnächst wieder kommen. Wie soll ich mich verhalten?"

Lena: „Okay, ein wenig Zeit bleibt uns noch. Du sagtest, der Manager des Restaurants sei Toms Freund?"

Chiara: „So sagte es Peter, ja. Ich habe Angst, Lena. Was ist, wenn das stimmt?"

Lena: „Wir werden ihn damit konfrontieren. Bis dahin, suchen wir weiter nach Beweisen."

Bis zur Ankunft von Tom, stöberten sie zu Dritt in Leos Unterlagen und sämtlichen Buchhaltungsbüchern. Fakt war. Es gab mehrere Konten bei verschiedenen Banken. Der Vertrag für die Hof-Zusammenlegung existierte tatsächlich.

Als Tom auf den Hof kam, empfingen ihn Lena, Chiara und Clara. Chiara konnte sich nicht zurückhalten und fragte mit wütender Stimme: „Arbeitet, deine Verlobte als Kellnerin im selben Restaurant?"

Tom reagierte ruhig: „Meinst du Stefanie? Sie ist meine Schwester. Ich war verlobt, aber das ist schon lange her."

Chiara: „Wer bist du wirklich? Es gibt Gerüchte, die mir nicht gefallen. Warum bist du mit mir zusammen?"

Tom: „Warum ich mit dir zusammen bin? Weil ich dich liebe Chiara, das solltest du doch spüren."

Lena fragte ihn konkret: „Hast du mit deiner Verlobten oder mit deiner Schwester, unwissende Personen mit vorgespielter Liebe, ausgenutzt?"

Tom antwortete: „Ja, aber das ist schon sehr lange her. Ich hatte mit meiner damaligen Verlobten gemeinsam, die Liebe vorgespielt um uns damit zu bereichern. Sie angelte sich die Männer und ich die reicheren Frauen. Das war damals und ich bereue es sehr, es überhaupt gemacht zu haben. Heute bin ich ein ehrlicher Mensch. Chiara, du kannst mir vertrauen. Ich liebe dich wirklich von ganzem Herzen."

Chiara war sehr enttäuscht und verletzt: „Geh einfach."

Tom bemühte sich weiterhin: „Bitte Chiara, schick mich nicht weg."

Chiara drehte sich um und ging. Lena sagte zu Tom: „Lass es bleiben und fahr bitte."

Als Tom gefahren war, gingen Clara und Lena zu Chiara um sie zu trösten. Chiara weinte bitterlich und sagte: „Warum war ich so naiv zu glauben, mich könnte ein Mann lieben?"

Lena: „Rede nicht so. Hör auf damit. Du bist eine wunderschöne und sehr attraktive Frau."

Lena blieb bei ihrer Schwester.

Clara kümmerte sich um den Hof. Das nahm sie sehr mit, dass Chiara so verletzt wurde. Auch wenn sie nicht die leibliche Mutter von Chiara war, so war sie im Herzen, sehr mit ihr verbunden.

Später, als Chiara eingeschlafen war, ging Lena zu Clara und sagte: „Sie schläft jetzt. Wollen wir gemeinsam die Unterlagen von Vater durchsehen? Wir müssen wissen, woran wir sind."

Konkrete Hinweise fanden sie jedoch nicht mehr. Einiges war zwar fragwürdig aber ernstzunehmende Verdachtsfälle blieben aus. Daraufhin fragte Lena: „Wer war mein Vater wirklich? Was ging in seinem Kopf vor?"

Clara sagte: „Euer Vater war ein guter Mensch. Er liebte euch sehr. Sein Leben änderte sich durch den Unfall sehr. Maria war Tod und seine kleine Tochter war schwer verletzt. Natürlich hatte er dich vernachlässigt, aber er war unendlich stolz auf dich, wie du alles gemeistert hattest."

Lena: „Ich war ein Kind. Für mich gab es keine Mama mehr, bei der ich mich anlehnen konnte. Papa war nie da."

Clara: „Er war für dich da. Und ich auch."

Lena: „Ich fühlte mich alleine."

Clara: „Du warst nie alleine, Lena. Du wolltest alles alleine schaffen. Ich konnte dir nur helfen, wenn du es nicht bemerkt hattest. Hast du dich nie gefragt, wer oft die Küche über Nacht zusammen geräumt hatte? Oder Chiaras Spielsachen in Ordnung brachte?"

Lena dachte darüber nach und sagte: „Ja schon. Das warst du? Warum hatte ich es damals nicht bemerkt?"

Clara: „Das ist doch egal, Lena. Ich machte es aus Liebe zu dir, zu euch."

Lena: „Ich hatte immer das Gefühl, funktionieren zu müssen. Es wäre meine Pflicht, als ältere Tochter, Mamas Aufgaben zu meistern. Doch, war ich zu jung und fühlte mich immer alleine. Nur die Nähe zu Chiara gab mir die Kraft und den Mut, weiterzumachen. Sogar später, als ich meinen ersten Freund hatte, war mir Chiara wichtiger."

Clara: „Daran kann ich mich auch noch erinnern. Du warst sehr in Tobias verliebt."

Lena: „Tobias. Das war ein toller Typ. In seiner Nähe fühlte ich mich als erwachsene Frau."

Clara: „Bei Antonio etwa nicht?"

Lena: „Doch, aber die erste große Liebe, vergisst man nicht. Was er heute wohl macht?"

Clara: „Tobias betreibt das Sägewerk seines Vaters."

Lena reagierte überrascht: „Tobias, der Weltenbummler? Er, der täglich neue Ideen hatte und davon träumte, nach Amerika zu gehen?"

Clara: „Ja. Als sein Vater starb, übernahm er das Sägewerk. Fast täglich, kaufte er bei mir euer Gemüse."

Lena: „Wahnsinn, das hätte ich ihm niemals zugetraut. Ich beendete die Beziehung, weil er mit mir abhauen wollte und die Welt sehen wollte. Ich entschied mich für Chiara, die mich ja brauchte."

Clara: „Ich hoffe du denkst daran, dass du mit Antonio verlobt bist. Dein Leuchten in deinen Augen, macht mir Sorgen, Lena."

Lena: „Keine Angst. Ich liebe Antonio. Tobias ist Geschichte. Eine Teenager-Liebe die damals schön war. Aber die Gefühle die ich erlebte, waren einzigartig. Dieses Schmetterlingsgefühl, hatte ich danach nie wieder."

Nachtsüber schlief Lena bei ihrer Schwester im Bett. Sie umarmte sie die ganze Nacht. Am frühen Morgen begann Chiara, sich sehr nahe an Lena zu kuscheln. Lena streichelte die noch schlafende Chiara. Als sie begann, Lena zu küssen, versuchte sie ihre Schwester zu wecken: „Chiara, ich bin es, Lena."

Doch Chiara küsste sie weiterhin. Lena erwiderte ihre Küsse und versuchte sie trotzdem, wach zu bekommen: „Hey, Chiara. Du küsst deine Schwester. Hallo, ich bin Lena."

Irgendwann sagte Chiara: „Und?"

Lena: „Was heißt, und? Man küsst nicht seine Schwester."

Chiara murmelte: „Und warum küsst du dann zurück?"

Lena lächelte und sie genoss es einfach mit ihrer Schwester. Sie dachte sich: „Warum nicht. Ist ja nicht das erste Mal."

Nach einigen Minuten sprang sie auf und sagte: „Bitte entschuldige, Lena. Ich wollte dich nicht bedrängen. Meine Gefühle spielten verrückt. Bitte erzähle es niemanden. Ich schäme mich dafür."

Lena: „Es gibt keinen Grund, für das du dich schämen müsstest. Es ist gut, okay?"

Chiara: „Wirklich? Ist es nicht pervers, mit der Schwester zu schmusen und das noch mit der Zunge?"

Lena: „Pervers ist es, darüber nachzudenken, Chiara. Mach dir darüber keinen Kopf."

Chiara war beruhigt und kuschelte mit ihrem Kopf an Lenas Hals. Dabei sagte sie: „Du küsst fantastisch, Lena. Es war wie damals. Ich spürte das gleiche Gefühl. Jahrelang war es in meinem Gedächtnis und es hatte mich nicht belogen."

Ihre gemeinsame Kuschelstunde wurde durch Clara beendet. Sie kam ins Zimmer und sagte: „Habe ich mich, also nicht verhört. Ihr seid schon munter. Wie wäre es mit einem Frühstück?"

Lena lächelte und sagte: „Komm zu uns kuscheln, Mama. Das Frühstück läuft uns nicht weg."

Clara legte sich zu dem Geschwisterpaar und umarmte beide. Sie genossen es sehr. Es erweckte den Eindruck, als würden sie es auch benötigen. Einmal nur unter sich zu sein und sich kuschelnd zu spüren. Eine Mutter mit ihren Töchtern, auch wenn nur eine die Leibliche war.

Nach dem besagten Frühstück, kam eine Frau auf dem Hof. Lena begrüßte sie und die ihr unbekannte Frau sagte: „Ich bin Stefanie, die Schwester von Tom. Dürfte ich mit Chiara einmal sprechen?"

Lena rief Chiara herbei und als sie gehen wollte, sagte Chiara: „Nein, Lena, bleib bitte."

Stefanie sagte: „Gut. Wie gesagt, ich bin Toms Schwester. Er war die ganze Nacht bei mir und erzählte mir von dir, Chiara. Er liebt dich wirklich sehr. Ja, er war damals sehr unfair zu Frauen. Das ist wirklich schon lange vorbei. Er war seiner damaligen Verlobten, oder eher Freundin, sehr hörig und dachte über die Konsequenzen nicht nach. Er leidet sehr darunter, dich verloren zu haben. Möchtest du deine Entscheidung, nicht noch einmal überdenken und ihm eine 2. Chance geben?"

Chiara: „Hat er dich zu mir geschickt?"

Stefanie: „Nein, davon weiß er nichts und das sollte auch so bleiben."

Chiara: „Ich bin sehr enttäuscht und verletzt. Ich weiß, mit meinem Aussehen sollte ich für jede Zuwendung dankbar sein. Aber, ich habe auch Gefühle und möchte nicht benutzt werden, für irgendwelche Spielerein."

Stefanie: „Verstehe ich sehr gut. Zum einen, möchte ich dir sagen, ich habe dich jetzt das erste Mal gesehen. Ja, ich sehe deine Narben im Gesicht und bin trotzdem überwältigt von deiner Schönheit. Ich kann meinen Bruder verstehen, wie sehr er dich liebt. Und glaube mir, deine Narben siehst du mehr, als jemand, der dich von ganzem Herzen liebt."

Chiara: „Danke für die lieben Worte. Ich denke, er wollte mich nur benutzen, sorry."

Stefanie verstand ihre Bitte und verabschiedete sich vom Hof. Lena sprach Chiara darauf an: „Was fühlst du jetzt?"

Chiara blickte Lena fragend an und zuckte mit den Schultern. Lena nahm sie in die Arme. Nach einiger Zeit sagte Chiara: „Ich fühle mich verletzt und es tut mir sehr weh. Meine Gefühle für Tom wurden mir gestern geraubt. Ich empfinde nichts. Einfach nichts. Das macht mir Angst, Lena."

Lena: „Du brauchst Zeit, Liebes. Sortiere deine Gedanken und mach dir keinen Stress. Weißt du was? Wir beide fahren zum Wildbach hinauf und nehmen uns eine Auszeit. So wie früher."

Chiara: „Das ist eine tolle Idee. Da kann ich mich wieder selbst finden."

Lena gab Clara bescheid und beide zogen sich ein luftiges Kleid an. Sie packten Handtücher ein und fuhren in die Berge.

Lena stellte ihr Fahrzeug in einer Bucht ab. Dann gingen sie Hand in Hand auf den steinigen Boden im Bachbett entlang. Beide holten tief Luft und genossen die Natur. Der gelbe kurze und weite Sommerrock wehte mit dem Wind und Chiaras Wickelkleid zeigte viel Haut, da der Wind es immer auseinander blies. Hier in den Bergen war alles egal. Sie lachten darüber.

Jede für sich, sortierte ihre Gedanken und Chiara sprach sie dann aus: „Weißt du Lena, mich schmerzt es mehr, wenn ich daran denke, dass du bald wieder nach Gran Canaria fliegst, als die Sache mit Tom."

Lena: „Wie meinst du das?"

Chiara: „Eigentlich sollte ich an Tom denken. Doch in meinem Kopf schwirrst du herum."

Lena versuchte es zu erklären: „Nun, Tom hatte dich verletzt. Jetzt denkst du an unser morgendliches Küssen. Da kann es schon vorkommen, dass deine Gefühle dir etwas vorspielen. Oder sagen wir, eher einen Streich spielen. Tief im Herzen findest du eine Antwort. Doch braucht es Zeit."

Chiara: „Und, wenn ich dir sage, dass ich mehr Liebe zu dir empfinde als für Tom?"

Lena: „Wir sind Schwestern. Natürlich spüren wir beide die sogenannte Schwesternliebe. Es ist aber eine andere Form von Liebe, als zu einem Mann. Du liebst Tom, auch wenn er dich verletzt hatte. Hierbei, spürst du die Liebe des Begehrens. Das ist eine ganz andere Art von Liebe, als die Schwesternliebe. Du liebtest ja auch Papa und Mama, aber begehrtest sie nicht sexuell, oder?"

Chiara: „Nein, natürlich nicht. Aber dich Lena."

Lena: „Aber mich? Wie meinst du das?"

Chiara: „Genauso, wie ich es sagte. Ich begehre dich und fühle mich bei dir auch sexuell erregt."

Lena: „Süße, du wurdest gerade von einem Mann verletzt, den du liebtest. Jetzt spielen deine Gefühle verrückt. Es braucht Zeit, um sich wieder emotional zu finden."

Wortlos spazierten sie händchenhaltend weiter, bis sie bei einer Männergruppe vorbeikamen. Sie pfiffen ihnen zu und Lena beachtete sie nicht. Die Männer hatten ihren Spaß und es war nur eine Frage der Zeit, bis unqualifizierte Sprüche kamen.

Einer der Männer sagte: „Hey, ihr zwei Hübschen. Kommt zu uns."

Lena und Chiara gingen ohne Reaktion weiter. Bis ein anderer Mann sagte: „Oh Gott. Die Schöne und das Biest. Wie sieht die denn aus?"

Lena drückte Chiaras Hand ganz fest und zog sie zu sich heran.

Bedauerlicherweise hörten die Männer nicht auf: „Die eine von vorne und die hässliche von hinten, dann passt es."

Chiara kamen die Tränen. Lena legte ihre Hand um die Hüfte ihrer Schwester und flüsterte: „Hör nicht hin, Süße."

Weitere blöde Sprüche folgten, wie: „Bleibt doch stehen, ihr zwei Lesben. Wir zeigen euch, wie Männer es machen. Wir heilen euch und ficken euch anständig durch."

Lena reichte es, sie sagte: „Wie wollt ihr Abziehbilder das tun? Mit eurem, nicht standhaften Ding da unten? Einmal rein und schon spritzt es? Meint ihr das, was ihr uns zeigen wollt? Ja, in der Gruppe fühlt ihr euch stark. Je blöder umso männlicher, oder? Ihr könnt stolz auf euch sein. Sind eure Frauen auch stolz auf euch?"

Die Männergruppe unterlies es, weitere Sprüche abzugeben. Lena und Chiara gingen weiter den Bach entlang. Da Chiara nicht mehr aufhörte zu weinen, setzten sie sich auf einen Felsen. Lena umarmte ihre Schwester liebevoll und drückte sie ganz nah zu sich.

Etwas später fragte Lena: „Wollen wir uns im Wasser abkühlen und unsere Schuhe ausziehen?"

Chiara zog ihre Sneakers aus und Lena schlüpfte aus ihren Absatz-Sandalen. Händchenhaltend gingen sie durch das kalte Gewässer. Es tat ihnen sehr gut, barfüßig die Bachsteine im kalten Wasser zu spüren.
Lena sagte: „Das macht den Kopf frei und neue Energie entsteht."

Chiara wurde sentimental: „Danke für deine Unterstützung. Mit solchen Typen, werde ich mein ganzes Leben konfrontiert sein. Das wird nie aufhören. Kannst du mich verstehen, dass ich so nicht leben möchte?"

Lena: „Nein Chiara, kann ich nicht. Du bist eine starke und kluge Frau. Damit kommen manche Männer nicht klar. Für sie ist es leichter, bei Äußerlichkeiten zu lästern, damit sie sich stark fühlen. Chiara, du bist eine wunderschöne und sehr erotische Frau. Die Narben sind nur oberflächlich. Toms Schwester, hatte es gut erkannt. Für dich sind die Narben störender, als für deine Mitmenschen. Außer, sie kommen mit einer selbstbewussten Frau, wie du es bist, nicht klar. Wie eben zuvor mit den Abziehbildern. Glaub an dich und sieh das Schöne an dir, wie ich es an dir sehe."

Chiara begann zu weinen und sagte: „Kannst du mich umarmen?"

Lena nahm ihre Schwester in ihre Arme und streichelte ihren Kopf. Chiara genoss es sehr. Als sie sich wieder beruhigte, küsste sie Lena auf den Mund. Zögerlich erwiderte Lena die Küsse, bis es schließlich zu einer sehr intimen Küsserei mit Zunge wurde. Währenddessen sanken sie immer mehr ins kalte Wasser, bis sie komplett im Wasser saßen. Sie begannen zu lachen und Chiara drückte ihre Schwester mit dem Rücken in den Bach. Sie küssten sich weiterhin bis sie immer mehr lachten und sich gegenseitig mit dem Wasser anspritzten.

Dann legte sich Chiara auf den Rücken in den Wildbach und sagte zu Lena: „So frei wie bei dir, kann ich bei keinem anderen Menschen sein."

Lena beugte sich über Chiara, schob deren Kleid hoch und streichelte ihren Oberschenkel: „Wenn du wüsstest, wie schön du bist, Chiara."

Chiara sagte: „Ja, vielleicht wenn die Narben nicht wären. Du siehst doch, wie hässlich mein Bein ist."

Lena: „Das sind Narben einer Verletzung. Hässlich wäre es, wenn dich kein Mensch erotisch finden würde. Ich hatte dich für deine Schönheit immer beneidet. Du bist außergewöhnlich hübsch und das, sage nicht nur ich. Sieh das Schöne an dir und vergiss diese Narben. Es gibt so viele Frauen, die einen schönen Körper haben und mit irgendwelchen bescheuerten Tattoos, alles versauen."

Lena streichelte zärtlich über Chiaras Narben am Oberschenkel und sagte: „Das sind Spuren eines Unfalles und trotzdem ist dein Bein voller weiblicher Sinnlichkeit."

Chiara lag noch minutenlang im Wasser und ließ ihren Körper von der Strömung berieseln. Zusätzlich glitt die Hand von Lena über Chiaras Haut.
Lena sagte: „Ich hatte einmal einen Artikel über einen Heilpraktiker gelesen, der der Meinung sei, wenn einer Wunde oder einer Verletzung, viel Liebe und Zärtlichkeit gewidmet wird, es zu einer deutlichen Verbesserung führen kann. Was wäre, wenn das stimmen würde? Könntest du dir vorstellen, deinen Narben mehr Liebe und Zuwendung zu schenken?"

Chiara: „Das ist doch Quatsch. Die Narben sind doch wegen eines Unfalls entstanden."

Lena: „Und wenn es tatsächlich helfen würde?"

Lena nahm Chiaras Hand und führte sie über die Narben am Bein. Dabei sagte sie: „Ja, sie sind da. Akzeptiere es und lerne es zu lieben. Streichle nicht deine Narben, sondern dein hübsches Bein. Investiere deine Liebe in das, was dich stört und ändere es, damit du es lieben kannst."

Chiara: „Das klingt nach Hokuspokus. Ich komme mir dabei lächerlich vor."

Lena lächelte und sagte: „Dann lächle darüber. Wenn du dich selbst befriedigen kannst, dann wird dir das auch leichtfallen."

Chiara lachte ebenfalls: „Ein toller Vergleich."

Lena: „Das finde ich auch. Genieß deinen Körper und befriedige ihn, mit viel Zärtlichkeit und mit all deiner Liebe. Sieh mal, wie deine Hand über deine Narbe gleitet. Dein Bein freut sich."

Chiara: „Mit dir zusammen fühlt es sich gut an. Hilfst du mir, daran zu arbeiten? An mir zu arbeiten, damit ich es akzeptieren kann?"

Lena: „Sehr gerne, Süße."

Vor Sonnenuntergang gingen sie zurück zum Auto, um auf den Hof zu fahren. Dieser Ausflug tat beiden sichtlich sehr gut. Dementsprechend glücklich und erholt kamen sie bei Clara an.

Nach der Begrüßung erzählte Clara: „Es waren einige Kunden am Hof. Für morgen wären Bestellungen auszuliefern."

Lena und Chiara freuten sich. Sie beschlossen, früh ins Bett zu gehen und morgens um 4 Uhr, wegen der Ernte aufzustehen.
Clara ging bereits vor den Schwestern zu Bett. Lena und Chiara kuschelten sich unter eine Decke. Beide begannen an Chiaras Narben, ihre Liebe zu investieren. Abwechselnd streichelten sie über das Gesicht, Schulter, Brustbereich, Hüfte, Bein und bis zum Knie.

Lena sagte dabei: „Jede Stelle an deinem Körper ist schön und einzigartig. Alles gehört zu dir und wir beide lieben dich, so wie du bist."

Es war meditativ und um die Liebe zu vervielfachen, küssten sie sich immer wieder sehr leidenschaftlich, bis sie dabei einschliefen.

Noch vor 4 Uhr stand Chiara auf. Sie ging in das Badezimmer und schaute sich nackt im Spiegel an. Es fiel ihr schwer, sich selbst zu lieben. Sie hasste ihre Narben. Je mehr sie sich selbst anschaute umso mehr war sie den Tränen nahe.

Sie sagte zu ihrem Spiegelbild: „Du bist einfach nur hässlich. Ich hasse dich."

Lena stand in der Tür und sagte: „Ich liebe dich, weil du schön bist."

Chiara weinte und Lena stellte sich neben sie. Zusammen starrten sie auf den Spiegel. Lena drehte Chiara zu sich und begann ihre Narben im Gesicht zu küssen. Sie küsste sich ganz langsam vom Gesicht, über den Hals, Schulter, ihren vernarbten Busen, weiter zum Po, über das Bein bis zum Knie. Zum Abschluss gab sie Chiaras Vagina einen dicken Kuss.
Dann sagte sie: „Alles an dir ist schön, Chiara."

Dankend umarmte sie Lena.
Lena sagte nach einigen Minuten: „Wenn es dir schlecht geht und du dich nicht schön findest, dann denk an deinen schönsten Moment in deinem Leben. An einen Moment, wo du dich sehr attraktiv und geliebt gefühlt hattest. Welcher Moment, kann das sein? Vielleicht mit Tom? Als er dich mit all seiner Männlichkeit befriedigte?"

Chiara antworte: „Nein. Tom benutzte ich für meine Lust und meine Befriedigung. Der schönste und erotischste Moment in meinem Leben, waren die Stunden mit dir und Antonio. Hierbei fühlte ich mich sehr begehrenswert, unbeschreiblich erotisch und wahnsinnig geil. Nur in dieser Zeit, war ich eine vollkommene Frau."

Lena war überrascht: „Wirklich? Vielleicht empfindest du so, weil es dein erstes Mal war?"

Chiara: „Keine Ahnung. Dieses Gefühl hatte ich nachdem, nie wieder."

Lena: „An was genau lag es, deiner Meinung nach?"

Chiara: „Definitiv an euch beiden. Es war die Mischung aus dir und Antonio."

Lena: „Okay, dann denke immer daran, wenn du dich nicht gut fühlst."

Sie machten sich dann frisch, zogen sich an und begaben sich zur Ernte. Kurze Zeit später war auch Clara bei ihnen. In kürzester Zeit schafften sie eine große Menge. Bevor Lena das Gemüse auslieferte, frühstückten sie noch gemeinsam auf dem Hof.

Vor der Abfahrt sagte Lena zu Chiara: „Vergiss nicht, dich zu lieben, wie ich dich liebe, Süße."

Während der Liefertour kam Lena auch beim Sägewerk vorbei. Spontan fuhr sie auf das Gelände und stieg aus. Sie ging Richtung Büro und plötzlich stand Tobias vor ihr. Alte Gefühle schossen durch ihren Körper.

Tobias freute sich sehr: „Lena, mein Gott. Wie geht es dir?"

Lena war sprachlos, wie seit Jahren nicht mehr. Stotternd sagte sie dann: „Gut und dir?"

Tobias umarmte sie und war sichtlich überglücklich sie wiederzusehen. Erst langsam fing sich Lena wieder. Er nahm sie in sein Büro und reichte ihr eine Tasse Kaffee.

Dabei fragte er: „Erzähl mir von dir? Von Clara weiß ich, dass du Managerin von einem Hotel auf Gran Canaria bist. Ich hätte nie gedacht, dass du einmal ins Ausland gehen würdest."

Lena sagte: „Im Gegensatz zu dir. Du als Weltenbummler und Träumer, als Chef eines Sägewerkes? Passt das überhaupt?"

Tobias: „Anfangs war es die Hölle für mich. Aber mittlerweile finde ich es klasse. Ja, ich bin sesshaft geworden. Wahnsinn, ich kann es gar nicht glauben, dich wiederzusehen. Du bist noch hübscher geworden. Liegt das an der Kanaren-Luft?"

Lena: „Schon möglich, du alter Schmeichler. Du bist also noch immer der gleiche Charmeur wie früher."

Tobias: „Wie lange bleibst du in der Heimat? Wir könnten doch wieder einmal gemeinsam Ausgehen."

Lena: „Tut mir leid. Morgen Früh, fliege ich wieder heim. Ich muss dann sowieso wieder weiter. Eigentlich wollte ich dich nur kurz begrüßen."

Tobias: „Das war sehr lieb von dir, Lena. Besuche mich wieder, aber nicht erst nach 10 Jahren. Lass von dir hören. Hier, ich gebe dir meine Karte mit, falls du Heimweh bekommst. Dann meldest dich einfach, okay?"

Lena fuhr mit positiven Gedanken vom Sägewerk weg. Sie war über ihre Gefühle sehr überrascht.

Nach der Liefertour, die länger gedauert hatte als geplant, wurde sie bereits von Chiara und Clara erwartet.

Chiara sagte: „Lena, wir haben heute soviel verkauft, dass für dein Hotel zu wenig Gemüse vorhanden ist. Es wird 2 bis 3 Tage dauern."

Clara war neugierig: „Konntest du herausfinden, warum die Kunden wieder bei uns einkaufen?"

Lena sagte: „Ja. Tom machte enorme Werbung für den Hof, speziell wegen Chiara. Und der andere Grund, ist Peter. Er lobt dich in den Himmel und entschuldigte sich bei den Personen, die er deinetwegen belogen hatte."

Clara: „Das heißt, die negative Propaganda ist vorbei?"

Lena: „Sieht ganz danach aus. Chiara, du denkst in 2 Tagen ist das Gemüse reif, für meinen Heimflug?"

Chiara: „Vielleicht 3 Tage. Sieh dir die Früchte selbst einmal an. Tut mir leid. Oder wir finden eine andere Lösung. Eventuell die Ware nachzusenden?"

Lena: „Aus Kostengründen ist es besser, ich und die Ware gemeinsam in einem Flieger."

Chiara: „Bist du jetzt enttäuscht, Antonio noch nicht sehen zu können?"

Lena: „Mach dir keinen Kopf, Chiara. Es ist doch toll, dass der Hof wieder läuft. Das ist wichtiger, glaube mir. Jetzt musst du dein Bett noch weitere Tage mit mir teilen, oder sollte ich besser in einem anderen Zimmer schlafen?"

Chiara: „Denk gar nicht daran, Schwesterchen."

Lena lächelte: „Gut, dann wäre das ausdiskutiert."

Dann drehte sie sich zu Clara und sagte: „Mama, für dich sollten wir einen Mann finden, damit deine Nächte nicht so einsam sind."

Clara: „Keinen Bedarf. Ich schlafe sehr gut alleine."

Lena und Chiara lachten, wobei sie es für schön empfinden würden, wenn sie sich nochmals verlieben würde.

Anschließend erzählte Lena in der Stube, über das Wiedersehen mit Tobias. Dass ihre Gefühle, wie damals hochkamen. Irgendwie beunruhigte sie dieses Gefühl. Liebte sie, ihre Jugendliebe Tobias noch immer? Obwohl sie jetzt mit Antonio verlobt war?

Diese Fragen konnte nur sie selbst beantworten. Um sich davon freizumachen, rief sie bei Antonio an, um ihn zu informieren, dass ihr Heimflug um 3 Tage verschoben war.

Danach widmete sich Lena, Chiaras Körper. Gemeinsam mit Chiara, wollte sie deren Wunden und Narben lieben um sie eventuell doch etwas heilen zu können. Lena fiel es sehr leicht, da sie ihre Schwester sehr liebte. Immer wieder streichelte sie ihren nackten Körper und küsste diesen auch sehr leidenschaftlich.

Irgendwann sagte Chiara: „Wenn du so weitermachst, bekomme ich vor Erregung einen Orgasmus. Ich warne dich, ich kann für nichts garantieren."

Lena lächelte: „Lass dich fallen und genieße es. Liebe deinen Körper, er ist wunderschön und sehr begehrenswert."

Chiara genoss es mit einem Lächeln im Gesicht. Unermüdlich verwöhnte Lena, Chiaras Körper. Immer wieder nahm sie Chiaras Hand, damit sie sich selbst streichelte. Sie selbst musste ihren Körper akzeptieren und sich selbst lieben.

Die Versuchung war für Lena einfach zu groß. Sie konnte dieser Versuchung und dieser Einladung nicht widerstehen. Mit einem Lächeln küsste sie, Chiaras glattrasierten Intimbereich und spielte mit der Zunge an der Vagina. Chiara stöhnte vor Erregung, bis sie tatsächlich einen Orgasmus bekam.

Lena lächelte und streichelte ihren Bauch. Chiara kam ein Schamgefühl hoch. Sie sagte: „Oh, wie peinlich. Jetzt hatte ich tatsächlich einen Höhepunkt von meiner Schwester. Das ist moralisch aber nicht vertretbar. Es tut mir so leid, Lena, dass mir das passiert ist."

Lena: „Wozu, entschuldigst du dich dafür? Es ist dein Körper. Was ist hierbei moralisch nicht vertretbar? Wo ist der Unterschied zwischen Selbstbefriedigung und wenn ich bei dir nachgeholfen habe? Es ist doch schön, wenn dein Körper dir Lust macht und du diesen erleben kannst. Wie es dazu kam, ist doch nebensächlich. Oder liegt es daran, dass wir Schwestern sind?"

Chiara: „Womöglich, ja. Dürfen sich 2 Schwestern lieben und befriedigen?"

Lena: „Warum nicht? Von deinem Höhepunkt, wirst du kaum schwanger werden. Wer entscheidet über das, was moralisch sein darf? Lass es zu, dich so zu spüren, wie du es möchtest. Wenn es dir gefallen hat und dein Körper dementsprechend reagiert, kann es nur schön und positiv sein."

Am nächsten Morgen kam Peter auf den Hof. Er lud Chiara zu einem Spaziergang ein. Er wollte sich mit ihr unterhalten. Chiara war einverstanden, aber erst nach der Ernte. Somit half Peter ihr, damit sie schneller fertig war.

Lena begab sich auf die Liefertour und besuchte auch Tobias beim Sägewerk. Tobias war sehr erfreut, seine damalige große Liebe wiederzusehen. Lena war angespannt aber glücklich. Sie rang mit ihrem Gewissen, ob sie das überhaupt tun darf. Immerhin ist sie verlobt und da sollte man nicht seine Jugendliebe treffen.

Tobias lud sie spontan zu einem Frühstück in einem Café ein. Er fragte sie: „Erzähl von deinem Leben auf Gran Canaria. Bist du verheiratet? Hast du Kinder?"

Lena: „Oh, langsam. Du bombardierst mich mit Fragen. Nein, ich habe keine Kinder und verheiratet bin ich auch nicht. Das Leben auf der Insel ist ein Traum. Und nun zu dir. Wie sieht es bei dir aus?"

Tobias: „Ich war verheiratet und habe keine Kinder."

Lena: „Was war schiefgelaufen?"

Tobias: „Wir passten nicht zusammen."

Lena: „Ja, das kann schon mal vorkommen. Hattet ihr es vor der Ehe nicht gewusst oder gespürt?"

Tobias: „Zu Beginn waren andere Lebensumstände, wo es schon gut passte. Doch dann kamen Veränderungen und da ging es überhaupt nicht mehr. Das war bei uns auch so ähnlich, oder? Warum hast du mich damals sitzengelassen?"

Lena: „Es lag an deiner Lebenseinstellung."

Tobias: „An meiner? Lag es nicht vielmehr an deiner Schwester?"

Lena: „Lass Chiara aus dem Spiel. Du hattest es gewusst, wie wichtig sie mir war und noch immer ist."

Tobias: „Ja, aber dein Leben richtete sich nur noch nach Chiara. Ich wurde auf das Abstellgleis gestellt. Ab und zu, holtest du mich wieder auf das Hauptgleis, zumindest bis zum nächsten Bahnhof."

Lena: „Machst du mir jetzt ein schlechtes Gewissen? Was willst du mir jetzt noch vorwerfen?"

Tobias: „Nein, schon gut. Ich liebte dich sehr. Es war für mich sehr schwer, damit umzugehen. Nach dir, konnte ich keine Frau mehr so lieben, wie dich."

Lena war überwältigt von Tobias. Sie starrte ihn nur an und ihr Kopfkino begann zu laufen. Sie hatte mit ihm die schönste Zeit. Kein anderer Mann konnte sie je so verführen, wie es Tobias damals machte.

Tobias fragte: „Bist du noch da? Es macht den Anschein, du schwebst irgendwo herum."

Lena: „Nein, schon gut. Ich bin da, okay?"

Tobias: „Das freut mich. Wie geht es Chiara? Verkriecht sie sich noch immer am Hof?"

Lena: „Sie verkriecht sich nicht. Rede nicht so abweisend über sie. Du kennst ihr Schicksal und wenn permanent blöde Sprüche kommen, ist es noch schwerer für sie."

Tobias: „Sie ist hübsch und sie braucht sich nicht zu verstecken. Chiara muss unter die Menschen, das sagte ich dir schon damals. Du kannst sie nicht ewig beschützen. Komm, lass uns doch zu dritt einen Ausflug machen. Es wird ihr gut tun. Was sagst du zu meinem Vorschlag? Du bist dabei und kannst jederzeit deine beschützende

Hand um sie legen. Und, ich passe auch auf euch auf. Wie wäre es mit morgen?"

Lena: „Ich werde es mir überlegen und mit Chiara sprechen. Wie war deine Zeit in den USA?"

Während Tobias über seinen Aufenthalt erzählte, war zeitgleich Chiara mit Peter spazieren.

Peter umschwärmte Chiara, aber sie war distanziert. Zu viel war in der Vergangenheit schon vorgefallen, was ihr nicht passte. Gefallen würde er ihr schon, jedoch blieb sie verschlossen.

Im Gegensatz zu Peter, war es für Tobias einfacher, seine Angebetete zu erobern. Das spürte Tobias auch und machte ihr unzählige Komplimente. Seine Annäherungsversuche gefielen Lena. Die ganzen Jahre, die sie sich nicht gesehen hatten, waren wie verflogen. Für Lena war es wie damals. Tief im Herzen spürte sie die Sehnsucht nach ihm. Obwohl sie sich mit aller Kraft dagegenstemmte, schien es, als ob Tobias sie wie ein Magnet an sich zog.

Zärtlich umarmte er Lena und küsste sie auf die Lippen. Beim 3. Versuch erwiderte sie seinen Kuss. Sie küssten sich immer intensiver, dann auch mit der Zunge.

Abrupt beendete Lena das Küssen und sagte: „Es geht nicht. Lebe wohl."

Sie ging entschlossen aus dem Café.

Als sie daheim angekommen war, sagte sie zu Chiara, die ebenfalls wieder auf dem Hof war und Clara: „Wieviel Gemüse haben wir heute?"

Chiara antwortete: „Nicht viel, vielleicht 100 bis 150 Kilogramm. Warum?"

Lena: „Ich fliege heute noch nach Gran Canaria. Der Flug geht in 4 Stunden. Schaffen wir das noch?"

Chiara: „Jetzt sag mir, was los ist mit dir, Lena."

Lena antwortete zornig: „Ich muss einfach heim, bitte helft mir, dass sich das noch ausgeht."

Unverzüglich gingen sie gemeinsam das Gemüse ernten. Hierbei erzählte Lena, ihrer Schwester und auch ihrer Mutter, dass sie Tobias geküsst hatte. Und, dass ihre Gefühle für ihn, wieder so wurden, wie damals. Davon wollte sie fliehen und sich nicht auseinandersetzen.

Chiara sagte: „Flucht ist keine Lösung, Schwester. Stell dich deinen Gefühlen."

Lena blieb konsequent: „Es geht nicht, Chiara. Ich muss heim. Es hätte nicht passieren dürfen."

Trotz stressigen Zeitdrucks schafften sie es rechtzeitig zum Flughafen. Chiara unterstütze ihre Schwester beim einchecken und die Ware zeitgerecht abzugeben.

Beim Abschied flossen sowohl bei Chiara als auch bei Lena, die Tränen. Lena sagte zu Chiara: „Vergieß niemals dich zu lieben. Schenk deinem Körper die nötige Zeit und verwöhne deine Narben. Ich glaube daran, dass es dir sehr helfen wird. Pass gut auf dich auf, meine Süße."

Chiara tat der Abschied sehr schwer. Sie umarmte sie fest und wollte sie nicht gehen lassen.
Lena sagte: „Ich muss dann wirklich los."

Sie küsste ihre Schwester ganz zärtlich auf den Mund und ging anschließend durch die Sicherheitsschleuse. Chiara stand wie versteinert in der Abflugs-Halle und weinte vor Sehnsucht. Ein junger gutaussehender Mann kam auf sie zu und sagte: „Je schmerzhafter ein Abschied ist, desto intensiver ist die Liebe. Darf ich ihnen irgendwie helfen?"

Chiara wischte sich die Tränen aus dem Gesicht und sagte: „Passt schon, danke."

Der fremde Mann sagte: „Passen tut es nur dann, wenn sie mir ein Lächeln schenken."

Chiara schmunzelte und daraufhin sagte er: „Na also, es gibt noch Hoffnung. Ich bin Alex Zauner."

Chiara lächelte ihn an und sagte: „Chiara Berger."

Alex: „Chiara, was für ein wunderschöner Name. Wie wäre es mit einer Stärkung? Darf ich sie einladen?"

Chiara sagte etwas verblüfft: „Mich würden sie jetzt einladen? Sehen sie nicht wie ich aussehe?"

Alex antwortete: „Wie eine wunderschöne, attraktive und liebenswerte Frau eben aussieht."

Chiara sagte: „Hallo? Mein Gesicht?"

Alex: „Oh, jetzt wo sie es sagen, stimmt. Sie haben 2 Augen, einen Mund und dazwischen ist noch eine Nase, die alle perfekt mit ihnen harmonieren."

Chiara begann zu lachen und Alex fragte: „Also? Darf ich sie nun einladen, trotz der Nase mitten im Gesicht?"

Chiara fühlte sich geschmeichelt. Die Ablenkung tat ihr sehr gut. Sie setzten sich in ein Lokal am Flughafen und bestellten jeweils einen Kaffee.

Chiara fragte: „Warum laden sie mich eigentlich auf einen Kaffee ein? Was tun sie sonst, wenn sie keine fremden Frauen einladen?"

Alex lachte und antwortete: „Ich dachte, diese wunderschöne Frau braucht jetzt einen Kaffee. Was ich sonst mache? Ich bin Pilot und wenn ich nicht gerade Dienstpause habe, fliege ich in der ganzen Welt herum."

Chiara: „Sie opfern ihre Pause für mich?"

Alex: „Opfern? Nein. Ich fühle mich sehr geehrt und geschmeichelt, diese mit ihnen verbringen zu dürfen."

Chiara versuchte ihre Narben irgendwie zu verstecken. Sie zupfte an ihren Haaren, damit sie in das Gesicht fielen. Alex merkte ihre Angst und ihre Unsicherheit.

Er nahm ihre Hand und sagte: „Verstecken sie sich nicht hinter ihren schönen Haaren."

Chiara sagte: „Mein Anblick ist doch nicht der Schönste."

Alex unterbrach sie: „Der Anblick ist viel zu schön um versteckt zu werden. Darf ich ihnen etwas zeigen?"

Er knöpfte sein Hemd auf und zeigte seine Verbrennung auf dem Brustbereich. Chiara war erstaunt, wie freizügig er dies präsentierte.
Alex sagte: „Jeder Mensch hat Schicksale zu meistern. Daran sollten wir wachsen. Bei mir war es ein Flugzeugabsturz mit einer einmotorigen Cessna. Die Wunde präsentiert mein Überleben."

Chiara: „Einen Flugzeugabsturz zu überleben ist ja fast unmöglich. Da hatten sie aber viele Schutzengel. Bei mir war es ein Autounfall, als ich noch ein Kind war. Leider ist mein Gesicht auch betroffen."

Alex: „Jetzt wo wir unsere Schicksale uns anvertrauten, könnten wir uns doch duzen, oder? Ich heiße Alex."

Chiara lächelte und sagte: „Chiara."

Alex: „Jedes Schicksal hat seine eigene Geschichte. Ja, dein Gesicht trägt es offensichtlich. Ohne dich anbaggern zu wollen, deine Schönheit verträgt dieses Schicksal. Du bist wunderschön."

Chiara: „Hast du mich deswegen angesprochen, weil wir beide mit Wunden leben müssen? Sozusagen, die hat ja dasselbe wie ich?"

Alex: „Nein. Ich habe dich angesprochen, wegen deiner fesselnden Schönheit. Eine Frau, die eine liebende Person so herzzerreißend verabschiedet, hat ein gutes und liebevolles Herz."

Als Chiara antworten wollte, kamen Stewardessen vorbei. Sie begrüßten den Piloten sehr freundlich und auch sehr vertraut. Es gab viele Küsschen und nette Worte. Da diese Flugzeugbegleiterinnen sehr attraktiv waren, zog Chiara ihre langen Haare in das Gesicht. Alex stellte Chiara, als eine Freundin vor. Die Stewardessinnen schenkten Chiara ein Lächeln und begrüßten sie sehr liebevoll. Für eine Unterhaltung hatten sie keine Zeit. Sie hatten bereits Dienstbeginn. Eine Stewardess streichelte beim Händedruck, Chiaras Haare vom Gesicht und sagte: „Sei wie du bist und zeige dich mit deiner ganzen Perfektion. Keine Wunden und keine Narben, können deiner einzigartigen Schönheit etwas anhaben."

Chiara war sehr gerührt von diesen Worten. Als die Damen wieder gingen sagte Alex: „Pamela hat Recht. Zeige dich mit deiner einzigartigen und schönheitsmäßigen Perfektion. Sie steht übrigens auf Frauen."

Chiara lächelte und sagte: „Aha, sollte das jetzt eine Anspielung sein?"

Alex: „Nein, ganz im Gegenteil. Pamela ist dafür bekannt, dass sie auf Topmodels steht. Ihre Partnerinnen sind Frauen, die wir von Plakaten kennen. Das sollte dir zu denken geben, wie schön du für sie bist, trotz Narben, die du verstecken wolltest."

Chiara: „Das ehrt mich. Und wie ist es bei dir? Piloten haben da so ihren Ruf, oder nicht?"

Alex: „Unser Ruf besteht darin, dass wir viel herumfliegen."

Chiara lachte und sagte: „Ich meinte doch die unzähligen hübschen Stewardessen, die sich Piloten angeln. Piloten schmücken sich doch damit. Fliegt der Pilot nicht gerne von Stewardess zu Stewardess?"

Alex: „Das ist ein alter Mythos, der Träume und Fantasie weckt. Verrätst du mir, wem du bei der Verabschiedung nachgeweint hattest?"

Chiara: „Meiner geliebten Schwester. Sie ist der wichtigste Mensch in meinem Leben. Sie hatte mich nach dem Tode unserer Mutter, großgezogen und lebt leider auf Gran Canaria. Sie flog wieder heim und das schmerzt sehr."

Alex: „Wie bedauerlich. Jedoch war es kein Abschied für immer, oder doch?"

Chiara: „Nein, das nicht. Ich liebe Lena über alles. Ich brauche sie bei mir. Ohne sie, ist alles so leer."

Alex: „Jede Leere öffnet auch wiederum neue Möglichkeiten, etwas Neues zuzulassen. Was treibst du sonst, wenn du nicht gerade auf einem Flughafen mit einem Piloten sprichst?"

Chiara lachte wieder und sagte: „Ich bin Gemüse-Landwirtin. Der Berger-Hof, gehört Lena und mir. Also besser gesagt, wir sind die Erben des Hofes."

Alex: „Ein weiteres Schicksal, also. Man erbt nur, wenn wer von uns geht. Hofarbeiten sind nicht zu unterschätzen. Ich wurde auf einem Bauernhof geboren und kenne die Arbeit und auch die Sorgen eines Hofes. Respekt, Chiara."

Er blickte auf seine Uhr und sagte: „So leid es mir tut, meine Pause ist wieder um. Sehe ich dich wieder?"

Chiara: „Es wäre mir eine Ehre. Komm auf dem Berger-Hof und sei mein Gast."

Alex verabschiedete sich mit einem Küsschen.

Chiara war sehr von Alex angetan. Während der gesamten Heimfahrt, schwirrten ihre Gedanken um den Piloten.

Trotz ihrer Verschwiegenheit erkannte Clara, die gute Laune von Chiara. Sie sprach sie darauf an. Doch Chiara behielt diese Begegnung erstmals für sich. Sie wusste für sich nicht, wie sie diese schöne Begegnung einstufen sollte. Auch die lieben Worte der Stewardess berührten ihr Herz.

Auch als Peter auf den Hof kam, konnte sie ihre gute Laune nicht verbergen.

Zur selben Zeit kam Lena am Flughafen in Las Palmas auf Gran Canaria an. Da sie vergaß, ihren Verlobten bescheid zu geben, rief sie den Küchenchef an. Dieser kam unverzüglich um Lena und das Gemüse in das Hotel zu bringen.

Gleich nach der Ankunft, trieb sie ihre Sehnsucht zu Antonio. Um ihn zu überraschen, betrat sie sein Büro.
Geschockt stand sie in der Tür und sah wie ihr Verlobter, mit einer Rezeptionistin auf seinem Schreibtisch sexuell verkehrte. Enttäuscht und verletzt ging sie aus dem Hotel. Antonio eilte ihr hinterher. Als er sie endlich einholte, fragte Lena mit ruhiger Stimme: „Seit wann geht das schon?"

Antonio sagte: „Es war das erste Mal."

Lena: „Lüge mich nicht an, das habe ich nicht verdient. Also?"

Antonio: „Reden wir in aller Ruhe daheim."

Lena: „Nein, jetzt."

Antonio: „Es hat sich so ergeben. Sie flirtete mit mir und dann, ja, du hast es gesehen, was dabei herausgekommen ist. Ich wollte es nicht, wirklich."

Sie nahm seine Hand und ging zielstrebig in ihr Büro im Hotel. Sie bestellte die Rezeptionistin ebenfalls in ihr Büro. Antonio versuchte weiterhin, sich als Opfer darzustellen.
Als die Rezeptionistin eintrat, fragte Lena: „Jetzt erzählt mir, seit wann ihr eine Affäre habt."

Antonio antwortete: „Es war ein einmaliger Fehler der Schwäche."

Die Rezeptionistin sagte jedoch: „Ein einmaliger Fehler? Spinnst du? Frau Berger, es tut mir sehr leid, dass sie es so erfahren mussten. Antonio und ich lieben uns seit über einem Jahr. Es ist keine Affäre."

Antonio schwieg und Lena sagte: „Danke für ihre Ehrlichkeit. Sie dürfen wieder gehen. Antonio du bleibst und erklärst es mir jetzt."

Antonio sagte zu seiner Verteidigung: „Wenn du hier gewesen wärst, wäre es nicht passiert."

Lena: „Oh, entschuldige bitte, dass ich dich alleine gelassen hatte. Ist das alles was dir jetzt einfällt?"

Antonio: „Nein. Birgit lügt. Es war ein…"

Lena unterbrach ihn: „Ja, ein einmaliger Fehltritt, klar. Ich werde dann in unsere Finka fahren, meinen Koffer umräumen und bevor ich zu meiner Schwester fliege, erwarte ich von dir, dass du mir die Wahrheit sagst. Bis später."

Sie ging mit Anstand aus ihrem Büro, direkt zu ihrer Freundin, die ebenfalls im Hotel beschäftigt war. Bei Julia konnte sie sich ausweinen.

Julia sagte zu Lena: „Es ist doch egal, ob Birgit, Susi oder Doris. Er war doch noch nie anders. Du wolltest es nie wahrhaben und sehen."

Lena: „Mein Vater hatte also recht. Antonio ist ein Hallodri."

Julia: „Ein Hallodri, wie es im Buche steht. Bei ihm stellt sich die Frage nicht nach, mit welche noch, sondern mit welche noch nicht."

Lena: „Warum habe ich es nicht gesehen?"

Julia: „Du bist ein Arbeitstier, Lena. Hierfür hattest du gar keine Zeit, es irgendwie zu sehen. Ich habe es dir immer gesagt und Andeutungen gemacht. Doch du, wolltest es nicht sehen und nicht hören."

Lena: „Wer weiß noch davon?"

Julia: „Frag besser, wer weiß es nicht, wie es Antonio treibt."

Lena: „Oh Gott, ich könnte im Erdboden versinken. War ich wirklich so blind und naiv?"

Julia: „Nein, meine Liebe. Eher taub. Du wolltest es nicht hören. Gegenüber dem Personal brauchst du kein Schamgefühl haben. Sie gingen immer davon aus, dass du mit Antonio eine offene Beziehung führst. Sie wunderten sich immer, warum sie bei dir nichts mitbekommen hatten. Es liefen schon Wetten, wann sie bei dir einen Liebhaber entdecken würden. Sie sind in dem Glauben, dass du es gekonnt versteckt machtest. Manche glaubten auch, dass du lesbisch bist und deswegen Antonio seine sexuelle Freiheit lebte. Egal was alle glaubten, mach dir darüber keine Gedanken. Du bist für jeden einzelnen hier in diesem Hotel, die beste Managerin, die es je gab. Diesen Ruf, konnte Antonio niemals erreichen. Niemand, würde dich in diesem Hotel hintergehen, glaube mir."

Mit gebrochenem Herzen, packte Lena in der Finka ihre Koffer. Zwischendurch buchte sie noch einen Flug in ihre Heimat. Als Antonio kam, stand ihr Gebäck bereits bei der Tür.

Lena hörte Antonio aufmerksam zu und sie machte ihm keine Szene. Dass störte Antonio: „Nicht einmal jetzt, verlierst du deinen Anstand und schreist mich an. Bin ich dir nicht einmal das noch Wert?"

Lena fragte: „Was und wie sollte ich jetzt reagieren?"

Antonio: „Schrei mich an, wirf mir Gegenstände zu, mach das, was alle betrogenen Frauen tun würden. Das würde mir, deine Liebe zeigen."

Lena: „Hierfür brauche ich nicht zu schreien."

Antonio: „Bin ich dir nicht einmal mehr der Eifersucht wegen, das Wert?"

Lena: „Nicht auf diesem Niveau, nein. Du hast mich verletzt und mein Herz gebrochen, aber wem gegenüber sollte ich eifersüchtig sein? Deine ganzen Affären, die ich nicht einmal per Namen kenne?"

Antonio: „Wenn man einen Menschen von Herzen liebt, spürt man die Eifersucht."

Lena: „Wenn du es sagst, okay? Gut, lassen wir das, es ist sowieso zwecklos. Ich möchte, dass du mir eine angemessene und gerechte Abfertigung ausbezahlst. Bezüglich der Finka, ebenso. Weiters verpflichtet sich das Hotel unter deiner Führung, das Gemüse vom Berger-Hof, zu sehr guten Konditionen abzunehmen. Dies habe ich bereits mit dem Chefkoch vereinbart. Er erkannte die Spitzen-Qualität und möchte auf diese frische Qualität nicht mehr verzichten. Die Lieferkosten übernimmt das Hotel. Und jetzt stellst du deinen Chefkoch, in seiner Arbeitszeit wohlgemerkt, für mich bereit, damit er mich mit meinem Gebäck zum Flughafen bringen kann. Meine restlichen Gegenstände werde ich abholen lassen. Achja, ich habe ein Rund-Mail versendet, auch an dich. Ich wünsche dir alles Gute und sage hiermit, lebe wohl, Antonio."

Lena ging vor die Finka, wo bereits der Chefkoch auf sie wartete. Nach dem einladen des Gebäcks, fuhren sie zum Flughafen.

Während der Abfahrt, drehte sich Lena nochmals um und nahm weinend Abschied von der Finka.

Zur selben Zeit, stand Antonio sprachlos in der Finka und las dann die E-Mail von Lena.
Hierbei stand: Ich, Lena Berger, werde mich aus dem Management verabschieden. Um diversen Gerüchten entgegenzuwirken, möchte ich noch

festhalten, dass ich meine lesbische Beziehung zu einer Frau vertiefen möchte. Danke an Herrn Antonio Gonzalez, der mich für meine Entscheidung freigegeben hatte. Vielen lieben Dank an die gesamte Hotel-Crew für die wunderbare Zusammenarbeit auf Gran Canaria. Ich werde euch nie vergessen und für immer lieben. Eure Lena Berger, ehemalige Hotelmanagerin.

Dies schrieb sie, um ihr und vor allem Antonios Gesicht zu wahren. Der Abschied tat ihr mehr weh, als dass sie ihren Verlobten in flagrante erwischt hatte.

Beim Flughafen weinte Lena genauso wie der Chefkoch. Sie versprachen sich, weiterhin in Verbindung zu bleiben.
Kurz vor dem Abflug, informierte sie ihre Schwester, damit sie abgeholt werden konnte.

Unwissend warum und wieso, empfing Chiara ihre Schwester am Flughafen. Die Begrüßung war für Lena sehr Tränenreich. Chiara hielt sie wortlos in den Armen. Sie sah, an Hand des Gebäcks, dass irgendetwas schlimmeres passiert sein musste. Trotz des Tröstens ihrer Schwester, schaute sie immer wieder in die Runde, ob sie eventuell, nochmals den attraktiven Piloten Alex sehen konnte.

Nach einiger Zeit fuhren sie schließlich auf den Hof zu Clara, die bereits sehr ungeduldig wartete. Während der gesamten Heimfahrt konnte Lena kaum reden. Chiara verstand nur: „Er hat mich jahrelang betrogen und ich merkte es nicht."

Erst auf dem Hof fand sie die nötige Ruhe, um das Vorgefallene zu erzählen. Es dauerte Stunden bis sie alles ganz genau erläutert hatte. Chiara und Clara waren über diese Ereignisse, teilweise sehr schockiert. Lena schmerzte am meisten, dass sie nichts davon mitbekommen hatte.

Chiara fragte Lena: „Spürst du wirklich keine Eifersucht? Ich würde ausflippen bei den Gedanken, dass mein Mann mit einer anderen Frau schläft."

Lena: „Dass ich naiv war, schmerzt mehr."

Chiara: „Was wirst du jetzt tun? Hast du schon eine Idee, was du machen möchtest?"

Lena: „Um diese Frage zu beantworten, habe ich genügend Zeit. Meine Kündigungszeit ist verdammt lang."

Chiara: „Wie wäre es mit, Managerin des Berger-Hofes?"

Lena schmunzelte und sagte: „Weißt du Chiara, wenn eine Tür zugeht, geht eine andere auf. Also, werde ich warten, welche Tür sich für mich öffnen wird."

Chiara: „Egal was du tun wirst, ich stehe hinter dir, meine geliebte Schwester."

Lena: „Ich weiß nicht, wie es euch geht, aber ich bin müde. Chiara, nimmst du mich heute Nacht, fest in deine Arme?"

Chiara: „Liebend gerne."

Am nächsten Morgen befreite sich Chiara aus der Umarmung von Lena und machte einen Kontrollgang über den Hof. Sie begutachtete das Gemüse, inwieweit es für die Ernte reif war.
Da es noch nicht reif genug war, ging sie zurück in das Haus, wo auch Clara und Lena bereites aufgestanden waren.

Chiara sagte: „Zum ernten gibt es heute fast nichts. Es reicht gerade mal für die Kunden, die eventuell kommen. Hättet ihr Lust zum Wildbach zu gehen? Machen wir doch einen Ausflug, damit Lena auf andere Gedanken kommt."

Clara antwortete: „Geht ihr ohne mich. Für mich ist es zu weit. Ich bediene die Kunden, falls wer kommt."

Lena: „Warum nicht? Ich weiß gar nicht, was ich in die Koffer gepackt hatte. Ich brauche etwas luftiges und kurzes."

Chiara: „Ich habe deinen gelben Rock und das weiße Strechleibchen gewaschen. Das was du das letzte Mal anhattest. Es sieht klasse an dir aus."

Lena: „Passt, danke Schwesterchen. Du kannst dir gerne aus meinem Koffer etwas aussuchen, wenn du Lust hast."

Gemeinsam gingen sie in das Zimmer. Lena sah sich Chiaras Kleiderschrank an und Chiara durchwühlte Lenas Koffer.

Lena sagte: „Wow, du hast tolle Klamotten. Sogar Hosen. Ich besitze gerade einmal Feinstrumpfhosen ansonsten nur Röcke und Kleider."

Chiara: „Hosen braucht man bei unserer Kälte im Winter. Ich ziehe auch viel lieber Kleider und Röcke an. Wichtig ist, dass sie über die Knie gehen, damit man das hässliche Bein nicht sieht."

Lena: „Chiara, habe ich dir nicht etwas gesagt? Kein Körperteil an dir ist hässlich. Ich war nur ein paar Stunden weg und schon hast du alles wieder vergessen?"

Chiara: „Nein, schon gut. Deine Worte sind eingebrannt, wirklich. Also, laut dem Inhalt deines Koffers, besitzt du nur kurze Kleider?"

Lena: „Ja aber die passen dir auch sehr gut."

Chiara: „Ich trau mich nicht."

Lena: „Warum nicht. Chiara, du gehst ja auch nicht verschleiert wegen deinem Gesicht, also kannst du auch dein Bein zeigen. Beziehungsweise das Knie. Mehr sieht man ja eh nicht."

So wurde es auch getan. Chiara zog ein kurzes Sommerkleid von Lena an. Beide schlüpften in Sandalen mit Absätzen und marschierten den Weg entlang, Richtung Wildbach.

Unterwegs fragte Chiara ihre Schwester: „Wie geht's dir heute? Hast du gut schlafen können?"

Lena lächelte: „Neben dir, schlafe ich immer wie ein Baby."

Chiara: „Das freut mich. Denkst du an Antonio?"

Lena: „Ja, schon. Wenn man so hintergangen wird, dann schmerzt es sehr. Hintergangen ist vielleicht gar nicht richtig, eher dass ich es nicht bemerkt hatte. Das ganze Hotel wusste es, nur ich war zu blöd."

Chiara: „Hattest du nie einen Verdacht?"

Lena: „Keinen, den ich sehen wollte. Egal, Schluss damit. Wie geht's dir Süße?"

Chiara: „Wie wird es mir wohl gehen, wenn du bei mir bist? Blendend natürlich."

Lena: „Irgendwie bist du verändert. Habe ich etwas verpasst?"

Chiara erzählte von der Begegnung.

Sie schwärmte von Alex den Piloten und der beeindruckenden Worte der Flugbegleiterin Pamela. Lena freute sich für ihrer Schwester und hörte sehr interessiert zu, wie Chiara ihre Stimmlage veränderte. Lena wusste, Chiara war über beide Ohren verliebt.

Bis zu ihrem Lieblingsplatz, quatschte Chiara ununterbrochen. Als die Schwestern barfüßig am felsigen und steinigen Boden im Wasser gingen, wurde Lena sentimental. Es dürfte sie doch stärker belasten als sie zugegeben hatte. Chiara tröstete ihre große Schwester und umarmte sie sehr herzlich und sehr liebevoll.

Da erklang eine Stimme, die sagte: „Störe ich?"

Beide drehten sich zu der sprechenden Person um und Chiara war überglücklich, sie sagte: „Alex? Bist du es wirklich? Was tust du hier?"

Alex antwortete: „Auf dem Berger-Hof sagte mir eine sehr freundliche Dame, wo ich dich finden würde."

Chiara: „Du bist jetzt wirklich meinetwegen den weiten Weg zu Fuß gegangen?"

Alex: „Natürlich. Für dich gehe ich bis an das Ende der Welt, wenn es sein muss."

Chiara umarmte Alex und stellte ihre Schwester

vor. Lena begrüßte Alex sehr freundlich und sie war sehr beeindruckt: „Du bist also der Pilot, von dem Chiara permanent spricht?"

Alex: „Ich hoffe doch, nur Gutes? Dann bist du die Schwester, um die Chiara gestern so bitterlich am Flughafen geweint hatte."

Lena drehte sich Chiara zu und sagte: „Davon hast du mir nichts erzählt, Süße. Du hattest gesagt, du wurdest angesprochen, weil du so traurig warst. Das zerbricht mir das Herz, wenn ich höre, wie bitterlich du meinetwegen geweint hast. Ach, Süße, komm lasse dich drücken von mir."

Chiara: „Du weißt doch, wie wichtig du mir bist. Natürlich weinte ich deinetwegen."

Lena sagte dann: „Jetzt kümmere dich um Alex. Er ist deinetwegen den ganzen Weg gegangen."

Alex sagte: „Schon gut. Ich wollte euch auf keinen Fall stören. Wenn es unpassend ist, können wir uns sehr gerne zu einem anderen Zeitpunkt wiedersehen."

Lena sagte: „Sicher nicht. Ihr genießt jetzt die gemeinsame Zeit. Ich werde in der Zwischenzeit im Wasser spazieren gehen und meine Gedanken sortieren. Chiara, hör auf ins zupfen, das Kleid wird nicht länger. Du bist wunderschön und dein Knie samt Bein ebenso."

Alex sagte: „Ja, Chiara. Hör auf deine Schwester. Ich teile ihre Meinung und bestätige ihre Aussage zu hundert Prozent."

Lena zwinkerte ihnen zu und ging dann langsam den Wildbach entlang. Da Chiara und Alex sie beobachteten, sagte sie: „Ich bin schon weg. Lasst euch nicht stören."

Später sagte Alex zu Chiara: „Du hast eine sehr beeindruckende Schwester. Eure Schwesternliebe spürt man über den ganzen Globus."

Chiara: „Du übertreibst. Ja, ich liebe sie mehr, als ich mich selbst. Lena versucht es mir beizubringen, damit ich mich selbst lieben kann. Inklusive meiner Narben. Meine Schwester ist sehr hartnäckig."

Alex: „Das ist gut so. Du musst dich auch selbst lieben. Ach übrigens, was ich dir noch sagen muss. Gestern Abend traf ich nochmals Pamela, sie schwärmt von dir und ich soll dir ganz liebe Grüße ausrichten, mit einem ganz dicken Kuss."

Chiara: „Oh, wie süß. Und wo bleibt der Kuss?"

Alex gab ihr ein Küsschen auf die Wange und Chiara sagte: „War das im Sinne von Pamela, dieses kleine Küsschen?"

Daraufhin schmunzelte Alex. Er umarmte sie und küsste sie fest auf den Mund.

Chiara fragte: „Schon besser. War das alles?"

Alex antwortete: „Ja, sie sprach von einem dicken Kuss und nicht von einem langen Kuss."

Chiara lachte und sagte: „Gut, sag bitte Pamela, ganz liebe Grüße von mir und dass ich mich sehr über ihre lieben Worte gefreut habe. Und auch über den dicken Kuss, obwohl er sehr kurz war."

Alex lachte ebenfalls und sagte: „Okay. Ich werde es ihr sagen. Doch, bezüglich langen Kusses, nimm dich in Acht. Wie ich dir bereits sagte, steht sie auf Frauen. Und wenn ich ihr jetzt sage, dass dieser zu kurz war, dann wird sie dich vernaschen wollen."

Chiara: „Und?"

Alex lächelte Chiara an und sagte: „Anscheinend, wäre es für dich okay?"

Chiara: „Wäre es ein Problem für dich?"

Alex: „Oh, das geht nicht gut für mich aus. Du antwortest mit einer Gegenfrage. Gut, ich riskiere es und versuche es so zu formulieren. Gehen wir einfach mal davon aus, also nur so zum Beispiel, wir wären ein Paar. Untreue geht für mich überhaupt nicht. Aber, wenn meine Frau den Wunsch hätte, zusätzlich zu mir, noch lesbisch bedient zu werden, dann wäre es für mich in Ordnung."

Chiara lächelte und sagte: „Aha, also wären wir ein Paar, hättest du gerne mit 2 Frauen gleichzeitig Sex? Wäre ich, wenn ich deine Frau wäre, nur so zum Beispiel, alleine nicht genug?"

Alex lachte laut: „Ich wusste es, ich kann dabei nur verlieren. Natürlich würdest du mir genügen. Es ging ja um dich und dir würde ich eine Frau neben mir, sehr gönnen."

Chiara konterte: „Nur eine Frau?"

Alex: „Auch zwei oder drei. Wie du es wünschen würdest."

Chiara gab nicht auf: „Aber sie müsste, von deiner Seite aus, definitiv weiblich für mich sein?"

Alex: „Oh und wie weiblich sie sein müsste. Ja, definitiv weiblich. Kein 2. Mann."

Chiara: „Nur mal so zum Mitschreiben. Mit einer Frau wäre ich, wenn wir mal annehmen wir wären ein Paar, dir nicht untreu, aber du dürftest im Gegenzug mir, mit der 2. Frau untreu werden?"

Alex: „War das meinerseits ein Eigentor? Nein. Die 2. Frau wäre, wenn wir ein Paar wären, nur für dich, für mich wäre sie tabu. Passt es jetzt? Ja, ich glaube jetzt ist es richtig erklärt."

Chiara: „Respekt Alex. Du hast dich gut geschlagen. Erzähl mir etwas von dir? Gibt es eine Frau, die auf dich daheim wartet, oder Kinder, die nach ihrem Papa fragen?"

Alex: „In meinem Leben gibt es unzählige Frauen, aber keine Frau und keine Kinder die auf mich daheim warten. Und wie ist es bei dir?"

Chiara: „Seit ein paar Tagen oder besser gesagt, seit ein paar Nächten, teile ich mein Bett mit meiner Schwester."

Alex: „Das ist ja nichts außergewöhnliches, wenn zwei Schwestern aus Platzmangel in einem Bett schlafen."

Chiara lachte: „Neben dem Bett, welches ich mit Lena teile, gäbe es 4 leere Schlafzimmer im Haus. Es ist aber nicht so wie du jetzt glaubst."

Alex: „Und was glaubst du, was ich glaube?"

Chiara: „Diese Frage beantworte ich dir, wenn wir uns besser kennen."

Alex: „Dann lass uns ganz schnell, besser kennenlernen, würde ich sagen."

Chiara: „Sehr gerne, wenn du es genauso wünscht wie ich."

Alex: „Deswegen besuchte ich dich. Was ist mit deiner Schwester? Ich fühle mich etwas unwohl. Ich sehe doch, wie du immer nach ihr siehst. Ihr wolltet unter euch sein und ich stürmte einfach so zwischen euch. Das mag ich nicht. Möchtest du noch Zeit mit ihr verbringen? Sie dürfte Kummer haben, oder?"

Chiara: „Ja, ihr geht es gerade nicht besonders gut. Komm, bringen wir sie auf andere Gedanken."

Alex: „Ein anderes Mal sehr gerne. Sei gerade jetzt, in schlechten Zeiten, für deine Schwester da."

Chiara: „Unterstützt du mich?"

Alex: „Jederzeit, aber ich denke sie braucht dich jetzt als Schwester."

Chiara nahm Alex an der Hand und lief mit ihm zu Lena. Chiara sagte zu Lena: „Bist du noch beim Sortieren?"

Lena: „Nein, eher beim Abschließen einiger Kapiteln in meinem Leben."

Chiara: „Gehöre ich auch dazu?"

Lena: „Süße, du bist kein Kapitel in meinem Leben, du bist mein Leben."

Chiara zwinkerte Lena liebevoll zu und sagte: „Ich müsste auch einmal, wie soll ich sagen, ein Kapitel loswerden."

Lena fragte: „Welches Kapitel? Was meinst du?"

Chiara: „Ich muss mal für kleine Mädchen."

Lena: „Dann geh doch hinter einen Felsen. Es sieht dich keiner."

Da es kein WC weit und breit gab, ging Chiara hinter einen Felsen, der weit genug von Alex entfernt war.
In dieser Zeit sagte Lena zu Alex: „Ich bitte dich von ganzem Herzen, tu meiner Süßen nicht weh. Ich schätze dich als einen guten und ehrlichen Mann ein. Sie hat es sich verdient, liebevoll behandelt zu werden."

Alex: „Dies beruht auf gegenseitigen Respekt. Welche Sorgen beschäftigen dich, wenn ich fragen darf? Dass es dir nicht gut geht, sieht man dir an."

Lena: „Ich war 12 Jahre mit einem Mann zusammen und habe erst gestern erfahren, dass er mir nie treu war. Ich erwischte ihn mit einer anderen Frau auf seinem Schreibtisch. Die ganze Belegschaft in meinem Arbeitsumfeld wusste es. Nur ich war zu naiv und blöd, um es zu sehen."

Alex: „Das tut mir sehr leid. Liegt es vielleicht daran, dass du es nicht sehen wolltest?"

Lena: „Kann schon sein. Das wurde ich jetzt schon öfters gefragt."

Chiara kam hinzu und sagte: „Da fällt mir ein Spruch von dir ein, Lena. Du sagtest mir einmal, lerne aus dem Leid, um dich selbst zu lieben."

Lena sagte: „Stimmt, das hatte ich gesagt. Glaubst du, es passt auch in meine Situation?"

Chiara: „Möglich? Ist das Leid bei dir, Antonios Affären nicht sehen zu wollen, oder vielleicht hast du es gesehen, aber es nicht wahrhaben wollen oder können? Daraus zu lernen und dich gerade jetzt, oder gerade deswegen, dich jetzt mehr zu lieben? Könnte das zutreffend sein?"

Lena überlegte und Alex sagte: „Die Frage ist doch, ob ein betrogen worden sein, überhaupt ein Leid ist. Leid ist für mich, zum Beispiel der Unfall bei dir, Chiara. Dir wurde etwas angetan, das Spuren hinterlassen hatte und du dadurch jetzt leidest. Hierbei kannst du jetzt daraus lernen, wie auch immer, um dich selbst zu lieben."

Chiara: „Lena wurde doch auch etwas angetan. Ihr wurde durch die Untreue des Partners, ein Leid zugeführt. Dadurch könnte sie jetzt lernen, sich selbst zu lieben."

Lena: „Eure philosophischen Vergleiche bringen mich durcheinander. Aber, ihr habt beide recht. Ein Leid, durch was es auch immer entstanden wurde, schmerzt, ob es sichtbare Spuren sind oder seelische, das Leid ist da. Wenn man daraus lernt, könnte man sich selbst wieder oder besser lieben. Ein Mensch der sich nicht selbst liebt, kann auch keine Liebe weitergeben, oder?"

Chiara lachte und sagte: „Wie auch immer es erklärt wird oder definiert wird, das Ergebnis ist immer das Gleiche. Lerne aus dem Leid, um dich selbst lieben zu können. Das ist doch schon die Antwort auf diesen Satz."

Daraufhin lachten alle zusammen. Chiara nahm Lena und auch Alex jeweils an einer Hand um gemeinsam den Wildbach weiter entlang zu gehen.

Als sie zu einer tiefen Stelle kamen, sagte Chiara: „Hier habe ich das Schwimmen gelernt. Wer traut sich in das eiskalte Wasser?"

Chiara lachte und zog ihre Klamotten aus um splitternackt in das tiefe Wasser zu gehen. Lena zog sich ebenfalls komplett aus und folgte ihrer Schwester. Alex war etwas zögerlich, aber auch er ließ seine Hüllen fallen und sprang nackt in das tiefe Wasser. Sie hatten ihren Spaß und genossen das kalte Wasser.

Nach einiger Zeit schwamm Chiara zu Alex und fragte: „Wie geht's dir dabei, wenn du meine vernarbte Brust siehst?"

Alex lächelte sie an und sagte: „Chiara, ich liebe dich und nichts und niemand kann dies ändern."

Chiara küsste Alex. Lena schwamm zu dem verliebten Paar und sagte: „Schön, dass ihr euch gefunden habt. Alex, willkommen in unserer Familie."

Chiara war überwältigt. Sie umarmte ihre Schwester und sagte: „Danke, dass es dich für mich gibt, Lena. Ich liebe dich so sehr."

Dann gab Chiara ihrer Schwester einen sehr sinnlichen Kuss auf den Mund. Anschließend zog sie ihren Alex zu sich und sagte: „Ich bin so dankbar für euch beide."

Als es ihnen zu kalt wurde, gingen sie aus dem Wasser. Dabei sagte Chiara zu Alex: „Es freut mich, dass du genauso wie Lena und ich, einen glattrasierten Intimbereich hast. Sieht sehr sexy aus."

Lena lachte als sie das hörte und sagte: „Ja, darauf achtet meine Schwester sehr. Sie sagte einmal, sie stehe nicht auf Affen-Typen, die um das Geschlechtsteil einen Buschen haben. Das war auch der Grund, warum ich seitdem ebenfalls glattrasiert bin. Nicht einmal mein zartes Streifchen hatte ihr gefallen."

Gut gelaunt gingen sie zurück auf den Hof.
Alex verabschiedete sich von Chiara und Lena, da er noch seinen Dienst auf dem Flughafen antreten musste. Lange alleine blieben sie mit Clara nicht. Peter kam auf den Hof um Chiara zu besuchen. Doch sie hatte dafür überhaupt keinen Kopf und versteckte sich im Haus.

Somit empfing ihn Lena und sagte: „Chiara geht es gerade nicht besonders gut. Sie ruht sich aus. Vielleicht ist ein anderer Zeitpunkt besser. "

Es dauerte nicht lange und nach Peters Besuch, erschien nun Tom. Er ließ sich nicht so leicht abschütteln und Chiara war bereit, mit ihm zu sprechen. Tom versuchte sich zu entschuldigen und gestand ihr seine Liebe.

Chiara sagte: „Es tut mir leid Tom. Ich kann keinen Mann lieben, der in der Vergangenheit, Frauen aus finanziellen Gründen ausgenutzt hat. Für mich ist das einfach sehr schäbig. Niemals könnte ich dir vertrauen."

Tom antwortete: „Ich verstehe dich sehr gut, aber bitte gib mir die Möglichkeit, dein Vertrauen in mir wiederzufinden. Lassen wir uns Zeit und versuchen uns langsam wieder anzunähern."

Chiara sagte: „Ich mag dich sehr, Tom, obwohl du mich sehr verletzt hattest. Gerne können wir langsam eine freundschaftliche Beziehung aufbauen. Jedoch hat sich in meinem Leben etwas verändert. Ich habe mich in einen Mann verliebt. Es war nicht geplant und ich weiß nicht ob es etwas Fixes wird. Doch fühle ich mich in seiner Nähe sehr gut und in meinem Herzen, die Liebe zu ihm."

Tom: „Oh, mit dieser Antwort habe ich jetzt überhaupt nicht gerechnet. Du verliebst dich aber sehr schnell wieder aufs Neue. Okay, ich habe verstanden und gehe. Lebe wohl."

Chiara blickte Tom nach und wurde traurig. Lena umarmte sie liebevoll und sagte: „Ein Abschied schmerzt immer."

Chiara: „Ja, wir hatten gemeinsam auch schöne Stunden erlebt."

Lena: „Und genau diese, behältst du in Erinnerung."

Clara wusste genau, was Lena und Chiara benötigten. Sie servierte einen frischen Kaffee vor dem Haus. Das gemütliche Beisammensitzen wurde durch Justus gestört.

Zornig ging er zu dem Frauen-Trio und sagte: „Was habt ihr durch das Gerede beim Standesamt angerichtet? Ich stehe jetzt als Dokumentenfälscher da. Warum habt ihr die Vergangenheit nicht einfach ruhen lassen können, wie ich es euch gesagt hatte?"

Lena verteidigte sich: „Zügle deinen Ton, Justus. Es ist mein Recht, meine leibliche Mutter eintragen zu lassen."

Clara fügte hinzu: „Dein Preis für die Dokumentenänderung war uns zu teuer. Somit sind wir auf das Standesamt gegangen. Wo liegt hierbei dein Problem? Und wer hat Dokumente gefälscht?"

Justus: „Es geht um den Totenschein des Unfallgegners von Maria. Ich habe nichts gefälscht. Wie kommt ihr darauf?"

Lena: „Wir haben überhaupt nichts von einer Fälschung gesagt. Dem Standesbeamten fielen Ungereimtheiten auf, von denen wir nichts wussten. Also, warum fauchst du uns an?"

Justus: „Mit eurer beschissenen Standesamt-Aktion, bringt ihr mich in Verruf."

Lena: „Dann sag uns doch einfach, was damals geschehen war. Wir hatten die Information bekommen, dass der Unfallverursacher und auch unsere Mama, sofort Tod waren. Der Standesbeamte meinte, daran ist etwas manipuliert worden. Also, was war damals geschehen, was wir nicht wissen?"

Chiara: „Was hast du mit dem Unfall zu tun, Justus? Kann es sein, dass du uns etwas verschweigst?"

Justus: „Jetzt rede doch nicht so einen Mist, Chiara. Ich war damals bei der Polizei. Es war meine Aufgabe das Unfallprotokoll aufzunehmen."

Chiara: „Wer war der Unfallverursacher, der ebenfalls am Unfallort verstorben war?

Justus: „Was spielt denn das für eine Rolle? Ihr kanntet ihn sowieso nicht."

Chiara: „Trotzdem würden wir es gerne wissen. Warum machst du daraus ein Geheimnis? Sag es uns doch einfach."

Lena: „Es ist unser Recht zu wissen, wer unsere Mutter zu Tode gefahren hatte. Durch sein Verschulden ist unsere Mutter nicht mehr unter uns."

Chiara weinte und schrie: „Und ich bin für mein restliches Leben mit diesen Narben versehen. Du kennst mich seit der Geburt, Justus. Jetzt sag, wer uns das angetan hatte. Wer trägt die Schuld an diesem Unfall?"

Justus holte tief Luft und setzte sich auf die Bank vor dem Haus. Er sagte: „Früher oder später werdet ihr es sowieso erfahren. Die Staatsanwaltschaft ermittelt diesbezüglich bereits. Es war euer Vater."

Chiara schrie ihn an: „Was heißt unser Vater?"

Justus blieb ruhig und sagte: „In jener Nacht schlief Lena bei Clara. Euer Vater nahm sich eines meiner Fahrzeuge, das nicht angemeldet war, um Clara für einen schnellen Sex zu besuchen. Als Maria in der Nacht munter wurde und Leo nicht neben ihr im Bett lag, ahnte sie das Schlimmste. Sie rief Leo auf seinem Handy an und da seine Ausreden widersprüchlich waren, wusste sie, wo er gerade war. Sie setzte die schlafende Chiara in das Auto und fuhr zu Clara. Zur selben Zeit raste Leo bereits nachhause. Hierbei kam es zu diesem Unfall. In seiner Notlage rief er mich um Hilfe. Als ich kam, versuchte er Maria zu reanimieren und Chiara lag verletzt neben ihm. Ich verständigte den Notarzt, der leider nurmehr den Tod von Maria feststellen konnte. Chiara kam sofort in das Krankenhaus. Unmittelbar danach, in seiner Verzweiflung wollte er sich selbst, mit meiner Dienstwaffe das Leben nehmen. Das wollte ich um jeden Preis verhindern und versprach ihm, es zu Regeln. Mein Auto war mir egal, das hatte ich verschrotten lassen. Als Unfallgegner gab ich nächsten Tag eine Person an, die bereits Tod war. Das war einen Tag zu spät, deswegen gab es zwei Unfallprotokolle. Einer meiner Kollegen war zu eifrig. Das konnte ich erst im Nachhinein ändern."

Chiara war schockiert und schrie Clara an: „Wenn du keine Affäre mit Papa gehabt hättest, wäre es niemals zu diesem Unfall gekommen. Wie kannst du überhaupt noch ruhig schlafen? Du lebst in meinem Haus und sagst mir nichts davon? Du hast mich die ganze Zeit belogen. Warum Clara, warum?"

Clara weinte bitterlich und sagte: „Aus Liebe zu euch."

Lena wurde wütend: „Aus Liebe? Wie konntest du uns verschweigen, dass Papa der Unfallgegner war?"

Justus griff ein: „Nein Lena. Clara wusste bis jetzt nicht, dass Leo den Unfall verursacht hatte. Dieses Geheimnis wussten nur euer Vater und ich. Hierfür gibt es auch eine Niederschrift."

Chiara sagte: „Trotzdem passierte der Unfall, weil du mit Papa eine Affäre hattest und Mama dahinterkam. Das ist doch krank, Clara."

Lena wurde wieder ruhiger und sagte: „Mama, ich denke du hast uns noch einiges zu erklären. Justus, was für eine Niederschrift?"

Justus sagte: „Es ist eine Vereinbarung zwischen mir und eurem Vater. Mein Exemplar liegt bei mir zuhause. Die von Leo, liegt hier im Haus."

Lena sagte: „Wir haben nichts gefunden."

Justus: „In seinem Schlafzimmer ist die zweite Holzdiele vom Fenster aus, nicht befestigt. Darunter liegt dieses Papier."

Lena und Chiara liefen in das Zimmer.

Zur gleichen Zeit sagte Clara zu Justus: „Jetzt werde ich von Chiara und meiner Tochter verachtet."

Justus: „Jeder von uns wird zur Verantwortung gezogen. Ich werde als Bürgermeister zurücktreten."

Die Schwestern kamen mit der Vereinbarung zurück. Nach dem lesen fragte Lena: „Warum habt ihr es niedergeschrieben und unterschrieben?"

Justus: „Zum gegenseitigen Schutz, dass keiner von uns den anderen erpressen konnte. Es war für unsere eigene Sicherheit. Meine Freundschaft zu eurem Vater, war mir das Wert. Ihr müsst bedenken, wem hätte die Wahrheit genutzt? Es war ein saublöder Zufall, dass der Unfall passierte. Euer Vater wollte sich das Leben nehmen. Was wäre dann aus euch geworden? Wenn ich es irgendwie geschafft hätte, ihn daran zu hindern, wäre er wegen Todschlag verurteilt worden. Stellt sich wieder die Frage, was wäre mit euch beiden geschehen? Verurteilt bitte nicht euren Vater. Er liebte euch über alles."

Lena schüttelte den Kopf und sagte: „Erst vor ein paar Tagen erfahre ich das meine Mama nicht meine Mama ist und meine leibliche Mama mit meinem Vater eine Affäre hatte, wodurch meine damals geglaubte Mama verunglückt ist. Meine leibliche Mama, die ich offiziell eintragen hab lassen, verschweigt mir das. Warum Mama? Sag mir einfach, warum?"

Clara: „Dass, euer Vater den Unfall verursacht hatte, erfuhr ich auch erst jetzt. Wenn er es nicht gewesen wäre, hätte es keinen interessiert wo er zu diesem Zeitpunkt war, oder?"

Lena: „Chiara und ich hätten uns die Wahrheit verdient gehabt."

Justus: „Okay, das besprecht ihr mit Clara. Ich zu meinem Teil, habe euch jetzt alles gesagt, was der Wahrheit entspricht. Passt auf euch auf."

Justus ging und Lena fragte Clara: „Warum war ich eigentlich bei dir"

Clara: „Maria und dein Vater hatten mir die Nähe zu dir ermöglicht, damit ich eine Beziehung zu dir aufbauen und halten konnte."

Lena: „Wir sprachen dich vor ein paar Tagen darauf an, ob du mit Vater eine sexuelle Beziehung, während er verheiratet war, gehabt hattest. Du sagtest nein."

Claras Erklärung: „Ich schämte mich dafür. Leo, Maria und ich hatten eine Vereinbarung. Wenn wir einen Dreier haben, dann auch nur zu dritt. Leo und Maria waren ein Paar, aber wenn ich dabei sein durfte, dann nur in Anwesenheit von Maria. Da ich eurem Vater sehr verfallen und auch hörig war, genoss ich auch die Zweisamkeit mit ihm, wenn er es wollte. Natürlich war das egoistisch von mir, meine beste Freundin zu hintergehen. Liebe macht dumm und blind."

Lena: „Vater hatte sowohl mit dir als auch mit Maria sexuell verkehrt. Ist es da nicht egal, ob sie dabei gewesen war oder nicht? Er hatte ja sowieso mit dir Sex gehabt."

Clara: „Für Maria nicht. Wenn er mit mir schlief, musste sie dabei sein. Alleine erlaubte sie es nicht."

Lena: „Das heißt, sie hat euch beide dabei zugesehen?"

Clara: „Ja."

Lena: „Wozu? Im Grunde genommen, gibt es keinen Unterschied, ob sie dabei war oder nicht. Fakt ist, er hat mit dir sexuell verkehrt. Irgendwie kann ich das nicht nachvollziehen. Geteilt hatte Maria ihren Mann ja ohnehin. Ob mit ihr oder ohne ihre Anwesenheit, sie hatte ihn mit dir geteilt. Also, wozu musste sie dabei sein?"

Chiara fügte sich zu diesen Gedanken ein: „Vielleicht war es wie bei dir, Lena. Hättest du es akzeptiert, wenn Antonio ohne deine Anwesenheit mich entjungfert hätte?"

Lena überlegte kurz und sagte dann: „Nein, weil ich es ja ermöglicht hatte. Wenn ihr beide ohne mich, geschlafen hättet, hättet ihr mich betrogen."

Chiara: „Eventuell hatte Mama die gleichen Gedanken gehabt. Ohne sie, wäre sie betrogen worden. Mit ihr, war es in Ordnung. Was sie wohl dabei gedacht und gefühlt hatte? Gefiel es ihr oder akzeptierte sie es nur?"

Clara: „Hierzu kann ich schon behaupten, es gefiel ihr. Sie war stets erregt, auch wenn Leo mich gerade, ihr wisst schon was ich meine."

Chiara: „Dann weiß ich jetzt, warum ich so bin wie ich bin. Ich fühle genauso wie Mama. Sind die Frauen in unserer Familie, lesbisch veranlagt?"

Lena schmunzelte: „Anscheinend liegt es in der Familie."

Clara: „Auch wenn ich euch nicht die Wahrheit erzählte, so liebe ich euch genauso wie Maria euch liebte. Denkt bitte immer daran."

Lena: „Ich habe trotzdem so meine Schwierigkeiten, dies alles für mich zu ordnen. Sollte ich dich jetzt verurteilen? Immerhin war Vater bei dir, was Maria veranlasst hatte, überhaupt in das Auto zu steigen. Hättet ihr beide sie nicht betrogen, wäre es gar nicht dazu gekommen. Hast du bezogen auf den Unfall, es nie hinterfragt, was wirklich geschah?"

Clara erklärte ihre Sichtweise: „Mich informierte Leo über den Unfall. Er erzählte mir, dass er unmittelbar nach dem Geschehen hinzukam. Ich wohnte damals in dem alten Bauernhaus unten im Dorf, was übrigens zu eurem Besitz zählte. Somit konnte er sehr rasch, Chiara aus dem Fahrzeug bergen. Für Maria war es leider zu spät. Meiner Meinung nach war es gut, dass Leo bei mir war, nur so konnte er schnell bei ihr sein. Das klang für mich plausibel und ich hinterfragte nichts mehr."

Chiara antworte aggressiv: „Wenn Vater nicht bei dir gewesen wäre, hätte es keinen Unfall gegeben. Mama würde noch leben und ich wäre eine normale Frau ohne Verletzungen, Wunden und Narben."

Lena versuchte die Spannung im Raum zu senken: „Mit was wäre gewesen, können wir die Zeit nicht zurückdrehen. Wir alle, sollten es akzeptieren, wie es war."

Chiara beruhigte sich nicht: „Lena, wie kannst du immer so ruhig bleiben? Egal was passiert, du bist die Ruhe selbst. Ist dir deine Anstandshaltung wichtiger als deine Gefühle? Ich könnte bei jeder Kleinigkeit ausrasten, ausflippen und explodieren."

Lena antworte wie gewohnt in ruhiger Tonlage: „Das ist der Unterschied zwischen uns. Du bist die explosive Schönheit und ich behalte, oder besser gesagt, ich versuche stets die Contenance zu bewahren. Egal wie man sich nach Außen zeigt, Chiara, glaub mir, tief in mir drinnen, sieht es genauso aus wie bei dir."

Chiara: „Für deine Ruhe und deiner sogenannten Contenance, bewundere ich dich sehr."

Lena: „Ich bewundere dich, weil du so bist, wie du bist, Süße."

Clara fügte hinzu: „Chiara, deine Mama reagierte wie du. Ihr seid sehr ähnlich. Du hast die Schönheit und auch die emotionale Einstellung von deiner Mama. Du bist ein Ebenbild deiner Mama. Darauf kannst du sehr stolz sein."

Lena: „Siehst du, Chiara, wir alle lieben dich so wie du bist. Auch wenn du oft ausflippst, das zeigt doch, wie liebevoll und herzlich du bist. Bei dir weiß man immer, wie man dran ist."

Chiara: „Mich stört meine ausflippende Art. Ich möchte nur ein bisschen von dir haben. Eine Mischung zwischen uns wäre gut, oder?"

Lena: „Nein, da hätte ich nicht diese geliebte Schwester, wie ich sie über alles liebe. Süße, ich liebe dich genau aus diesen Gründen. Bleib so wie du bist."

Chiara antwortete: „Oh, mir kommen gleich die Tränen. Deine Worte über mich, machen mich immer sentimental und berühren mich sehr."

Chiara wischte sich ihre feuchten Augen ab und sagte dann: „Gut, Themenwechsel bitte."

Lena ging zu Chiara und umarmte sie sehr liebevoll und sagte: „Wenn du wüsstest, wie sehr ich dich liebe."

Chiara: „Das spüre ich, Lena. Du erdrückst mich."

Lena schmunzelte und lockerte ihre Umarmung.

Etwas später fragte Lena ihre Mutter: „Du wohntest in dem Bauerhaus, was uns gehörte? Nach meinem Wissen, ist Justus der Besitzer."

Clara: „Euer Vater vermachte es Justus. Heute verstehe ich, warum er es bekam."

Chiara konterte: „War es aus Dankbarkeit für das sogenannte Regeln oder doch eher Schweigegeld? Mit diesem Haus, hätten wir unseren Hof erweitern können."

Clara: „Eurem Vater war die Freundschaft wichtiger als Besitz."

Chiara: „Das ist Ansichtssache, aber gut. Jetzt nur so zur Zusammenfassung. Dir entzog er das Wohnrecht im unteren Bauernhaus um es Justus zu geben. Daraufhin gab er dir das alte Blockhaus neben unserem Haus. Warum bist du nicht gleich in unser Haus eingezogen? Das ist groß genug?"

Clara: „Das wollte ich nicht. Ich denke, für Maria war diese Regelung auch besser. Euren Vater jeden Tag zu sehen, war schon schwer für mich. Wenn ich noch unter demselben Dach wohnen hätte müssen wäre ich daran zerbrochen. Euern Vater wäre es lieber gewesen, wenn ich im Haus gewohnt hätte."

Chiara sagte zynisch: „Ja, dann wäre er einfach in dein Zimmer gegangen, wenn er dich gebraucht hätte."

Clara: „Bitte verurteile uns nicht für unserer Vergangenheit. Wir wollten so leben."

Lena war neugierig und fragte: „Du hattest all die Jahre unser Gemüse unten im Dorf verkauft. Ich konnte keine Belege finden. Wie habt ihr das geregelt?"

Clara: „Ich wohnte kostenfrei bei euch, wobei mir aber an nichts fehlte. Als Gegenleistung betrieb ich den kleinen Gemüseladen, der aber wiederum eurem Vater gehörte, also jetzt euch. Die Einnahmen übergab ich dem Hof. Euer Vater zahlte mir aber einen kleinen Lohn, damit ich versichert war."

Lena: „Und jetzt, nach Vaters Tod?"

Clara: „Keine Ahnung. Es gab keine Vereinbarung oder Regelung für ein danach. Ihr seid nun die Besitzer und müsst entscheiden."

Lena schaute Chiara fragend an und sagte: „Darüber müssen wir schnell entscheiden."

Chiara fragte Clara: „Was für eine Regelung wäre in deinem Interesse?"

Clara: „Ich möchte nichts beanspruchen und niemanden zur Last fallen. Ich könnte den Gemüseladen weiterhin für euch betreiben, aber natürlich nur, wenn er für euch rentabel ist."

Lena: „Das müssten wir uns anschauen."

Chiara: „Ja, ich denke, wir sollten noch einiges klären, kalkulieren und erst dann Entscheidungen treffen. Lena, das werden wir gleich morgen in Angriff nehmen."

Clara: „Ich helfe euch jederzeit, wenn ihr es wünscht. Lena, Chiara, ich werde heute Nacht wieder im Blockhaus schlafen."

Lena: „Warum? Das Haus ist doch groß genug?"

Clara: „Jeder von uns braucht jetzt eine Zeit zum Nachdenken. Insbesondere auch die heutige Offenlegung von Justus, vom dem ich auch nichts wusste und darüber sehr schockiert bin."

Chiara fragte noch: „Eines möchte ich bitte noch wissen, Clara. Hattest du nach Mamas Tode, ein sexuelles Verhältnis mit Papa?"

Clara: „Ja, stets im Geheimen und vorwiegend, wenn er es wollte. Es tut mir sehr leid, euch angelogen zu haben. Ich schäme mich sehr dafür. Ich wünsche euch eine gute Nacht."

Chiara: „Gute Nacht, Clara. Und danke, dass du es jetzt sagtest."

Lena: „Mama, bleib doch da. Es ist für uns alle eine sehr schwere Zeit. Zusammen schaffen wir es. Keiner sollte alleine sein."

Clara: „Schon gut. Ich denke, es ist besser so."

Lena und Chiara schauten ihr noch nach wie sie ging. Die ganze Situation machte beide Schwestern sehr traurig.

Chiara fasste zusammen: „Wahnsinn, wie unsere Familie mit Lügen und Geheimnissen behaftet ist. Ich mache mir große Sorgen um dich, Lena. Wie schaffst du es, den heutigen Tag zu verdauen? Nach 12 Jahren erfährst du, dass dein Verlobter dich jahrelang betrogen hatte und dein Vater der Unfallverursacher von meiner Mama war und ich dadurch mit den Narben bestraft bin. Das erfährt man alles an einem Tag. Wie gehst du damit um?"

Lena: „Ja, das sind mehrere harte Brocken, die man verarbeiten muss. Es fühlt sich an, als käme eine Gesteinslawine auf mich zu. Ich denke, eines nach dem anderen, Schritt für Schritt analysieren und verarbeiten. Das wichtigste ist, dass du bei mir bist und wir zusammen diese Schicksale meistern."

Chiara: „Was ist eigentlich mit diesem Tobias?"

Lena: „Er war der Grund, warum ich so schnell nach Gran Canaria geflogen bin. Es fühlte sich gut an. Doch als wir uns geküsst hatten, schrie mein Herz, mach das nicht, hör auf."

Chiara: „Aber bis zu diesem Zeitpunkt, gefiel es dir. Liebst du ihn?"

Lena: „Ich denke nicht. Ich war vielmehr in die Vergangenheit verliebt. Tobias war jener Mann, der mich am besten befriedigen konnte, was nach ihm kein Mann mehr schaffte. Auch nicht Antonio. Es war meinerseits, vielmehr das Verlangen nach dem Damaligen. Aber wenn ich es heute realistisch betrachte, kann es gar nicht mehr so sein, wie damals. Es war mein Wunsch, aber die Vergangenheit sollte im Herzen bleiben und nicht mit dem heutigen zu Nichte gemacht werden. Verstehst du was ich meine?"

Chiara: „Ich glaube schon. Ich vergleiche das jetzt mit dem Erlebnis mit dir und Antonio. Dies war meine schönste sexuelle Erfahrung, die ich bis heute hatte. Würden wir das heute wiederholen, wäre dieses Erlebnis eventuell ausgelöscht. Weil es gar nicht so sein könnte, wie es damals war. Die Umstände, unsere Körper und unsere Einstellungen haben sich verändert. Heute wäre vielleicht mein Verlangen ein ganz anderes."

Lena: „Genau, das sehe ich auch so. Man wächst doch auch sexuell, man spürt es anders, man wird reifer, neue Praktiken, die noch besser zum Höhepunkt gelangen. All das, macht uns ja aus. Das vergangene bleibt in Erinnerung."

Chiara: „Es tut mir viel mehr für dich leid, was du die letzten Stunden alles durchmachen musstest."

Lena: „Nein Chiara. Dir braucht überhaupt nichts leid zu tun. Solche Situationen bestätigen mir immer mehr, mein Gefühl für dich. Ohne dich in meinem Leben zu haben, könnte ich nicht existieren. Du gibst mir die Kraft, die Energie und den Lebenswillen."

Chiara: „Du bist so liebevoll zu mir."

Lena lächelte ihre Schwester an und fragte sie: „Was fühlst du bei Alex? Deine Liebe zu ihm kannst du nicht leugnen."

Chiara: „Ich fühle mich gut und ja, ich habe mich verliebt. Aber, ob das reichen wird? Möchte er wirklich mit mir zusammen sein? Er sieht toll aus und die Stewardessen, mit denen er ständig zusammen ist, werden ihn täglich anhimmeln. Warum ist er nicht in einer Beziehung? Stimmt da etwas nicht?"

Lena: „Deine Bedenken sind gerechtfertigt, klar. Aber du kennst die Hintergründe nicht. Dass er sich in dich verliebt hatte, kann ich absolut verstehen. Süße, du bist ein Traum von einer Frau. Ja, bevor du wieder etwas Negatives sagst, du hast sichtbare Narben. Doch die stören nicht."

Chiara: „Oh doch und wie die stören."

Lena: „Dich, ja. Aber für einen Menschen der dich wirklich liebt, sind sie nicht störend. Ich liebe dich doch auch und sehe eine Traumfrau vor mir."

Chiara lachte: „Du bist ja auch meine Schwester."

Lena: „Und? Glaubst du, ich liebe dich, nur weil du meine Schwester bist? Ich liebe dich, weil du so bist wie du bist, Süße. Trotz der Narben, könnte ich dich permanent vernaschen, weil du einfach traumhaft sexy und ja, einfach geil bist. Verstehst du was ich meine?"

Chiara lachte und freute sich über diese Komplimente. Plötzlich läutete das Telefon von Chiara. Trotz unbekannter Nummer hob sie ab. In der Leitung war Alex, der sich nach ihrem Befinden erkundigen wollte.
Chiara antwortete: „Eine Mischung aus Traum und Alptraum. Wo bist du?"

Alex: „In Los Angeles. Demnächst geht es nach München und später nach Graz. Nun zu dir? Was ist passiert?"

Chiara: „Das erzähle ich dir persönlich. Jetzt geht es mir gut, nach deinem Anruf und neben mir ist Lena. Da muss es mir ja gut gehen."

Alex: „Okay, das freut mich. Sehen wir uns morgen?"

Chiara: „Sehr gerne, du weißt wo du mich findest?"

Alex: „Selbstverständlich, wenn ich kommen darf? Liebe Grüße an Lena."

Chiara lachte: „Nein, du darfst nicht kommen, sondern du musst kommen, wenn du es natürlich auch möchtest. Liebe Grüße von Lena."

Alex: „Danke. Ich freue mich, dich morgen sehen zu dürfen."

Nach der Verabschiedung strahlte Chiara, worauf Lena sagte: „Dich hat es aber ordentlich erwischt, meine Süße."

Chiara: „Ein bisschen, ja. Doch freue ich mich, wenn er morgen kommt."

Lena lachte: „Nur ein bisschen, natürlich. Dann muss ich diese Nacht noch bei dir und mit dir genießen, wenn morgen dein Alex kommt."

Chiara: „Was meinst du damit?"

Lena: „Ich werde morgen in meinem Zimmer schlafen, damit Alex bei dir sein kann."

Chiara: „Untersteh dich. Dein Platz ist bei mir, ohne Diskussion, Lena. Du schläfst nicht in deinem Zimmer."

Lena lachte: „Oh doch, Süße. Komm, lass uns kuscheln und schlafen gehen. Damit du morgen für deinen Alex fit bist."

Im Schlafzimmer waren die Schwestern gerade beim Ausziehen, als Lena an Clara denken musste, sie sagte: „Ich hoffe Clara geht es den Umständen entsprechend gut. Warum sie jetzt alleine sein wollte?"

Chiara: „Das kann ich gut verstehen. Gerade wenn man alleine ist, kann man besser über etwas Nachdenken. Willst du das jetzt wirklich anziehen?"

Lena: „Gefällt dir mein Satin Negligé nicht?"

Chiara: „Doch, aber ohne gefällst du mir noch besser und ich könnte dich hautnah spüren."

Lena schmunzelte: „Also gut, dann gehen wir nackt kuscheln."

Sowohl Lena als auch Chiara genossen es sehr, Haut an Haut zu kuscheln und gemeinsam einzuschlafen.

Als Chiara als Erste ihre Augen öffnete, hörte sie draußen den Regen und kuschelte sich gleich wieder zu ihrer Schwester. Lena schmunzelte und Chiara drückte sich noch fester an sie heran.

Nach einigen Minuten sagte Lena: „Wir sollten aufstehen. Clara ist sicher schon am Arbeiten. Wir sollten sie nicht alleine lassen."

Chiara: „Ja, das sollten wir. Aber ich mag dich noch spüren. Deine Haut fühlt sich so zart an, ich komme nicht davon los."

Lena lachte: „Wenn du noch länger an mir klebst und reibst, vergesse ich, dass du meine Schwester bist."

Chiara: „Gerade deswegen, fühlt es sich so großartig an. Ich gebe dich nie wieder her."

Lena: „Denk an deinen Alex, der heute kommt. Er wird sich an dir erfreuen."

Chiara: „Du etwa nicht?"

Lena: „Oh doch, mehr als mir lieb ist, Süße. Und, mehr als es sein darf."

Lena befreite sich mit einem Lächeln von Chiara und zog sich an. Chiara ging ins Bad um zu duschen. Lena wollte zuerst nach Clara sehen.

Da Lena, Clara im Haus nicht sah, ging sie über den Hof. Sie konnte sie nirgends finden. Sie bekam Panik und suchte sie überall. Immer wieder rief sie nach ihrer Mutter. Hektisch lief sie herum und ihr Herz pochte vor Sorge. In ihrem Kopf spielten sich die schlimmsten Befürchtungen ab. Schließlich ging sie zu dem alten Blockhaus. Sie öffnete die Tür und blieb wie versteinert stehen.

Vor ihr standen gepackte Koffer und Clara war am Zusammenräumen. Lena fragte: „Was machst du da?"

Clara: „Guten Morgen, mein Kind. Ich werde ein neues Leben beginnen."

Lena: „Langsam Mama. Wie und warum und wo?"

Clara: „Egal wo. Komm setz dich zu mir."

Lena war sprachlos und setzte sich zu ihrer Mutter. Clara sagte: „Jahrelang war ich deinem Vater hörig und verfallen. Mir gefiel dieses Leben, keine Frage. Doch jetzt ist die Zeit reif, ein neues Kapitel zu beginnen. Mit meinen 50 Jahren, bin ich doch nicht zu alt, für einen Neubeginn, oder? Ich dachte da eventuell an dein Hotel auf Gran Canaria. Vielleicht als Küchenhilfe oder Stubenmädchen?"

Lena: „Ja, da kann ich etwas machen für dich, aber bist du dir sicher, dass du diesen Hof verlassen möchtest?"

Clara: „Ja, Lena. Wenn nicht jetzt, wann dann. Die ganze Nacht hatte ich über das Leben nachgedacht. Ich möchte und muss es einfach tun. Mein Kopf muss sich befreien und das geht hier am Hof überhaupt nicht."

Lena: „Gut, ich kann dich verstehen. Zuerst einmal gehen wir gemeinsam zu Chiara, trinken Kaffee und ich werde es telefonisch mit Antonio besprechen, okay?"

Als Lena mit Clara in das Haus kam, lief Chiara noch immer splitternackt im Haus herum. Lena fragte sie: „Was suchst du?"

Chiara: „Mein Lieblingskleid ist weg."

Lena: „Komm setz dich. Clara verlässt uns und möchte ein neues Leben beginnen. Möchtest du dir nichts drüberziehen, Süße?"

Chiara: „Wozu? In der Nacht hatte es dich auch nicht gestört. Clara, du willst uns verlassen? Wohin und warum?"

Während Clara es Chiara erzählte, holte Lena einen Bademantel für Chiara.

Kurze Zeit später ging sie auf den Hof um zu telefonieren. Sie rief Antonio an und erklärte ihre Situation und ihr Anliegen.

Es dauerte eine Weile, als Lena alles organisiert hatte.

Sie sagte zu ihrer Mutter: „Dein Flug nach Las Palmas auf Gran Canaria geht um 14 Uhr. Carlos, der Chefkoch wird dich abholen, samt Gemüse, was wir als Fracht mit auf den Flug geben. Du bekommst ein Personalzimmer im Hotel. Morgen lebst du dich erstmals auf der Insel ein und übermorgen beginnst du deinen Dienst als Qualitätsprüferin für die Küche. Carlos wird dich diesbezüglich einschulen und anlernen."

Clara war überrascht: „So ein wichtiger Job? Küchengehilfin hätte gereicht."

Lena: „Nein. Du kennst dich mit Lebensmitteln aus und du weißt was Qualität und Frische bedeutet. Chiara? Ich habe 200 Kilogramm Gemüse angegeben für den Flug. Schaffen wir das?"

Chiara: „Mit Bademantel? Natürlich."

Clara, Lena und Chiara machten sich sofort an die Ernte. Da der Bademantel von Chiara immer aufging, holte Lena ihr etwas anderes zum Anziehen. Sie lachten und hatten Spaß, wie Lena ihre Schwester, während der Arbeit umzog."

Nach der Arbeit hatten sie noch Zeit, um sich zu unterhalten. Lena war traurig, dass ihre Mutter den Hof verlassen wollte.

Clara ließ sie an ihren Gedanken teilhaben: „Jahrelang lebte ich ein Leben, das nicht sein durfte. Ich war eurem Vater so sehr verfallen, dass ich ohne ihn nicht leben konnte und wollte. Maria war immer meine beste Freundin. Ich konnte nicht anders, als mir dieses Leben für mich passend zu machen. Im Endeffekt war es eine Dreier-Beziehung. Sowohl hetero als auch lesbisch. Okay, wir standen dazu. Natürlich war ich nur die Nummer 2 bei Leo. Mir gefiel es trotzdem. Ich möchte diese Zeit nicht missen. Das Gerede außerhalb des Hofes, war uns egal. Natürlich versuchten wir es irgendwie geheim zu halten, was uns aber nicht immer gelungen ist. Auch wenn ich in einem anderen Haus wohnte, so gehörte ich zu Leo und Maria. Ich war ein Teil von ihnen. Das kann niemand verstehen, das weiß ich."

Lena sagte: „Oh doch, das können wir. Haben sich die Gerüchte um den Berger-Hof also doch bestätigt."

Clara: „Nicht ganz, Lena. Es ist immer eine Ansichtssache, wie es jemand sehen will. Wir waren keine Kommune, wie es die Dorfbewohner behaupten. Egal was sie glauben und sagen, ihr wisst jetzt, wie wir lebten und was wir fühlten. Dass einiges nicht passieren hätte dürfen, das wissen wir. Leider können wir das Geschehene, nicht ungeschehen machen, was ich zu tiefst bedauere und auch bereue. Ich hoffe, ihr könnt mir, Maria und eurem Vater vergeben."

Lena: „Das machen wir, Mama. Jetzt sollten wir aber losfahren, damit du dein Flugzeug in dein neues Leben nicht verpasst."

Als Lena mit ihrer Mutter vom Hof fuhr, kam Alex angefahren. Sie winkten sich beim Vorbeifahren zu.
Chiara begrüßte Alex sehr aufgewühlt. Nach der Begrüßung holte Chiara eine Flasche Rotwein und sie setzten sich auf die Bank vor dem Haus.
Chiara erzählte ihm, alles was geschehen war.
Aufmerksam verfolgte Alex ihren Erzählungen, die teilweise sehr emotional waren. Er spürte die Traurigkeit von Chiara.
Nachdem Chiara fertig erzählt hatte, fragte Alex: „Kannst du deinem Vater verzeihen?"

Chiara: „Wie denn? Er hatte den Unfall verursacht, bei dem Mama gestorben war und ich entstellt wurde."

Alex: „Du bist nicht entstellt, Schatz. Du bist wunderschön und hast Narben, und?"

Chiara: „Wie auch immer. Vater ist schuld."

Alex: „Wie war er als Vater zu dir, die ganzen Jahre?"

Chiara: „Der beste Papa, denn man sich wünschen konnte. Er verwöhnte mich aber er lehrte mir auch, nicht alles als selbstverständlich hinzunehmen. Und, er brachte mich stets zum Lachen. Jetzt, im Nachhinein betrachtet, war es wahrscheinlich wegen seines schlechten Gewissens."

Alex: „Das glaube ich nicht. Ich denke, er liebte dich einfach viel zu viel. Glaubst du nicht auch, dass dein Vater genauso gelitten hatte, wie du? Du hast deine Mama verloren und er seine Frau."

Chiara: „Ich frage mich, wie er mit dieser Lüge leben konnte?"

Alex: „Zumindest konnte er mit dieser Lüge bei euch sein. Was wäre gewesen, gäbe es diese Lüge nicht?"

Chiara: „Diese Frage stellte ich mir auch schon. Tja, was wäre wenn? Irgendwie muss ich es wohl akzeptieren, wie es ist. Schau mal, mein Glas ist leer und Lena kommt zurück. Wahnsinn, ist die Zeit jetzt echt so schnell verflogen?"

Alex: „Ja, beim reden vergisst man die Zeit."

Als Lena ausstieg und Alex begrüßte, sagte sie: „Nachdem morgendlichen Regen, ist es jetzt verdammt heiß und schwül. Wie wäre es mit einer Abkühlung beim Wildbach? Wir könnten mit dem Auto hinauffahren,"

Chiara und Alex waren einverstanden und somit machten sie den spontanen Ausflug zu ihrem Lieblingsplatz.
Beim spazieren gehen im Bach, fragte Chiara: „Wie geht es dir jetzt, wo deine Mama zu deinem ehemaligen Hotel fliegt, wo auch Antonio ist?"

Lena: „Antonio ist mir egal. Für Mama ist es sicher ein guter Neustart. Das Hotel ist super und die Insel ein Traum. Es wird ihr bestimmt gefallen. Was mich traurig macht ist, dass sie uns angelogen hatte. In dieser Familie wurde noch nie viel gesprochen, eher verschwiegen und gelogen. Das stört mich sehr."

Chiara: „Ja, das mag ich auch nicht. Wir beide, Lena, schwören uns, auf immer und ewig, zur Treue der Wahrheit. Wir werden uns niemals anlügen oder irgendetwas verheimlichen. Ist das in Ordnung? Schwörst du das genauso wie ich?"

Lena: „Ja, Süße, auf unsere Verbundenheit, schwöre ich auf die Wahrheit."

Chiara umarmte Lena und küsste sie leidenschaftlich auf den Mund.

Alex lächelte und sagte zu Chiara: „Also bist du doch ein wenig lesbisch veranlagt?"

Chiara: „Und wenn es so wäre?"

Alex: „Dann hatte Pamela richtig gelegen. Sie sagte, sie würde es spüren, dass du auch auf Frauen stehst."

Chiara lächelte Lena an und sagte dann: „Eigentlich bin ich nicht lesbisch, außer bei Lena. Ich liebe sie und möchte sie einfach küssen."

Lena sagte: „Zu unserer Verteidigung muss ich noch dazu sagen, dass es bei uns in der Familie liegt. Wir dürften das vererbt bekommen haben."

Alex lachte und sagte: „Na dann, ist es natürlich entschuldigt."

Chiara lachte ebenfalls: „Ja, wir können nichts dafür."

Alex: „Und wie weit geht das Verlangen, neben dem küssen?"

Chiara und Lena schauten sich an und lachten. Daraufhin sagte Alex: „Aha, also mehr als küssen."

Chiara: „Wir hatten nichts gesagt."

Alex: „Euer schelmisches Lächeln hat euch verraten. Es ist okay. Es ist nicht außergewöhnlich, dass Geschwister sich lieben oder sich einmal ausprobieren."

Lena: „Das finde ich auch. Hast du persönliche Erfahrung?"

Alex lachte und sagte: „Ja, schuldig im Anklagepunkt. Meine 6 Jahre ältere Schwester hat mich, als sie 20 Jahre war, in die Sexualität eingeführt."

Chiara: „Moment, sie war 20, dann warst du 14 Jahre?"

Alex: „Ja. Aber es war einmalig, sie wollte mich entjungfern, damit ich gestärkt die Teenagerzeit überstehe."

Chiara: „Eine sehr liebenswürdige Schwester. Wie ist es bei deinen Stewardessinnen? Und bei Pamela?"

Alex: „Pamela kenne ich schon sehr viele Jahre, sie steht auf Frauen und wollte es einmal mit einem Mann probieren. Als guter Freund erfüllte ich ihren Wunsch. Ansonsten hatte ich noch nie, mit einer Stewardess sexuelle Kontakte."

Chiara: „Also kein typischer Pilot?"

Alex: „Ein Pilot der das fliegen liebt und nicht in ein typisches Klischee passt."

Lena äußerte ihren Wunsch: „Ich möchte etwas alleine sein und denke, es ist auch in eurem Interesse."

Chiara fragte besorgt: „Warum möchtest du alleine sein? Geht es dir nicht gut?"

Lena: „Doch, aber meine Gedanken spielen Achterbahn. Genießt ihr die Zweisamkeit? Ich werde noch weiter den Wildbach entlang gehen."

Besorgt sah Chiara ihrer Schwester hinterher. Alex legte seine Hand um Chiaras Schulter und sagte: „Gib ihr etwas Zeit. Oder, möchtest du nicht mir alleine sein?"

Chiara: „Klar doch. Ich mache mir halt Sorgen um Lena."

Alex: „Sie ist schon ein großes Mädchen und braucht etwas Zeit zum Nachdenken. Das ist nicht schlimm oder bedenklich."

Chiara: „Ja, schon gut. Ich habe es verstanden. Trotzdem mache ich mir Sorgen um sie. Wann musst du eigentlich wieder in deinen Flieger steigen?"

Alex: „Möchtest du mich schon wieder loswerden?"

Chiara: „Nein, so ein Quatsch. Dann frage ich anders. Wie lange bleibst du jetzt bei mir?"

Alex: „Solange du möchtest, aber morgen Abend muss ich wieder in den Dienst."

Chiara: „Toll, endlich eine klare Antwort. Ich würde mich sehr freuen, wenn du bis zu deinem Dienstantritt bei mir bleiben würdest."

Alex: „Wenn du einen Schlafplatz für mich übrighättest, sehr gerne."

Chiara: „Klar, das Haus ist groß. Jedoch möchte ich nicht, dass Lena außerhalb meines Bettes liegt. Es ist mir sehr wichtig, sie an meiner Seite zu spüren. Das würde für dich bedeuten, obwohl du auch bei mir liegst, dass wir nur kuscheln und schlafen. Wäre das sehr schlimm für dich?"

Alex: „Ob Lena damit einverstanden ist, dass ich auch bei dir liege?"

Chiara: „Warum nicht? Für dich mag das alles sehr eigenartig erscheinen, aber ich brauch ihre

Nähe. Sie schenkt mir sehr viel Liebe, was den Narben sichtlich sehr guttut. Es ist ihr Verdienst, dass sich mein Körper wohlfühlt."

Alex: „Dem werde ich nichts in den Weg stellen. Ich merke doch auch, wie gut sie dir tut."

Chiara: „Es ist toll, dass du mich verstehst. Die Jahre, die sie nicht bei mir war, waren für mich sehr schwer zu ertragen. Seit sie wieder in meiner Nähe ist spüre ich, wie mein Körper wieder blüht. Ich weiß, es klingt total bescheuert. Die ersten Jahre nach dem Unfall, war es die Hölle. Mein Vater schickte mich zu den verschiedensten Physiotherapeuten. Alle massierten und kneteten an meinem Körper herum. Besser wurde es allerdings nie. Natürlich kann eine Wunde die zur Narbe wird, niemals schön werden. Lena hatte damals schon ihre ganz eigene Technik. Sie versuchte die Narben an mir zu lieben. Sie streichelte und küsste sie. Immer wieder versuchte sie mir beizubringen, dass ich das selber an mir machen müsste. Mein Kopf war immer blockiert, nur mit ihr funktionierte es. Ab dem Zeitpunkt wo sie einen festen Freund hatte, hatte sie logischer Weise weniger Zeit für mich. Ich hatte meinen Körper aufgegeben. Ich konnte mich nicht überwinden, die hässlichen Narben zu lieben. Es ging einfach nicht. Wenn dann noch Menschen mir bestätigten, ich sehe aus wie ein Monster, dann ging das negativ in meine Psyche, was das Ganze noch verschlimmerte. Ich bin eine Frau und trage am liebsten Röcke und Kleider. Jedoch niemals ein Kleidungsstück das oberhalb der Knie endet. Aber trotzdem fühle ich mich mit Kleidern mehr als Frau, als mit Hosen. Den Körper kann man gut verstecken, aber das Gesicht nicht. Als Teenager hatte ich haufenweise Make-Up aufgetragen, was aber auch nur zum Teil etwas brachte. Das permanente herum tatschen diverser Therapeuten und Ärzte, war einfach zu viel für mich. Die Medikamente habe ich auch irgendwann einfach nicht mehr genommen. Haufenweise Nebenwirkungen und die Narben waren trotzdem sichtbar. Ja, die Schmerzen wurden gelindert, aber um was für einen Preis? Wie auch immer, jetzt ist es so, wie es ist. Die beste und einzige wirksame Medizin ist Lena. Ich kann es nicht genau sagen, warum es so ist."

Alex: „Ich möchte dir ebenfalls guttun, wenn du es zulässt."

Chiara: „Das habe ich schon zugelassen. Aber bitte habe Verständnis, dass ich Lena sehr brauche und sie auch über alles liebe. Versuche niemals, mich von ihr zu trennen. Das ist meine größte Bitte an dich."

Alex: „Deine Schwester gehört zu dir, das merkte ich bereits. Glaubst du, ich bekäme einen ganz kleinen Platz in deinem Herzen?"

Chiara: „Es liegt an dir, inwieweit du dich auf mich einlassen möchtest."

Alex: „Soweit du es mir erlaubst. Ich fühle mich an deiner Seite sehr gut. Mein Herz sehnt sich nach dir. Das ist doch die richtige Basis, denke ich. Lassen wir es auf uns zukommen, okay?"

Chiara: „Gut. Was hast du eigentlich wegen deiner Verbrennungsnarbe unternommen? Wie war es bei dir?"

Alex: „Ich akzeptierte es von Beginn an und dachte über die Schönheit nicht nach. Natürlich wurde ich von einem Facharzt zum anderen weitergeleitet, aber irgendwann reichte es mir. Jetzt lebe ich damit."

Irgendwie war Chiara mit ihren Gedanken nicht vollständig bei Alex. Sie fragte: „Ob es Lena gut geht? Wie weit ist sie alleine gegangen?"

Alex gab sich Verständnisvoll: „Wollen wir nachsehen?"

Hand in Hand gingen sie den Wildbach entlang, an dem auch Lena ging.

Chiara gab sich einsichtig: „Ich schätze es sehr an dir, dass du mich irgendwie aushältst. An meiner Seite ist es sehr schwer, das weiß ich."

Alex: „Versuch einfach, mich an deinem Leben teilhaben zu lassen. Öffne dich auch für mich."

Chiara drückte sich an Alex und sagte: „Das habe ich doch schon gemacht."

Alex nahm Chiara in seine Arme und küsste sie vorsichtig und zärtlich auf den Mund. Chiara fühlte sich dabei sehr gut und ihr Küssen wurde leidenschaftlicher. Alex tastete sich langsam mit seinen Händen zu ihrem Hinterteil und zog das Kleid hoch. Zärtlich streichelte er den nackten Po. Chiara lies sich auf seine Zärtlichkeiten ein. Gekonnt entkleidete er ihren Slip und steckte diesen in seine Hosentasche. Er setzte sie auf einen Felsen, machte seine Hose auf und während dem küssen, spreizte er ihre Beine und drang in ihrem Intimbereich ein. Chiara stöhnte vor Erregung. Die sexuelle Verschmelzung genossen sie beide, bis sie mit dem beidseitigen Höhepunkt belohnt wurden.

Befriedigt und glücklich setzte sich Chiara in das kalte Wasser um ihren Intimbereich zu kühlen und zu reinigen.
Dabei sagte Alex: „Das nennt man Spurenbeseitigung."

Chiara lachte uns sagte: „Klar. Die Pflege danach ist auch wichtig und die Abkühlung ist toll."

Anschließend verlangte Chiara ihren Slip zurück. Alex verwehrte ihr diesen und sagte: „Zwecks Abtrocknung, bekommst du ihn später."

Lachend und glücklich machten sie sich auf den Weg zu Lena. Es dauerte noch eine ganze Weile, bis sie auf die sitzende Lena zugekommen waren. Lena blickte nachdenklich in die Ferne. Chiara setzte sich neben ihre Schwester und umarmte sie wortlos.

Lena sagte: „Habt ihr schon genug von der Zweisamkeit?"

Chiara schmunzelte und sagte: „Meine Sehnsucht trug mich zu dir. Alles in Ordnung bei dir?"

Lena: „Ja, schon. Es ist so schön hier. Man vergisst die Zeit und die Sorgen verfliegen mit dem Wind. Wie geht es dir, Süße?"

Chiara: „Blendend. Wollen wir wieder zum Auto gehen, bevor es dunkel wird?"

Gemeinsam gingen sie die gesamte Strecke zurück. Die Stimmung war heiter und sie hatten ihren Spaß.

In einem Moment der Zweisamkeit fragte Lena flüsternd: „Und? Habt ihr?"

Chiara strahlte über das ganze Gesicht und sagte: „Es war großartig."

Lena freute sich für Chiara und drückte sie fest. Auf dem Hof wartete bereits Peter auf Chiara. Der Anblick eines fremden Mannes, gefiel ihm überhaupt nicht. Er sagte zu Chiara: „Ihr habt den Hof geschlossen? Wer ist der da?"

Chiara: „Ja, der Hof war heute geschlossen. Und der da, hat einen Namen. Darf ich bekanntmachen? Peter, ein Nachbar. Alex, ein Freund."

Peter: „Aha, ein Freund. Wie gedenkst du den Hof weiterzuführen?"

Chiara antwortete: „Wie bisher, lass das meine Sorge sein, okay?"

Als sich Chiara ihm abwendete, nahm Alex den Slip aus seiner Hose und sagte: „Schatz, dein Höschen."

Chiara lächelte genauso wie Lena. Peter wurde wütend: „Was macht dieser Kerl mit deinem Slip?"

Chiara schmunzelte und sagte: „Wie hätte er mich befriedigen können? Der Slip störte einfach."

Daraufhin ging Peter wütend und schimpfend vom Hof.
Lena sagte dann: „Alex, das war ein perfektes Timing aber sehr unartig und provozierend."

Alex: „Manche verstehen es nicht anders, wenn sie stören. Dass Chiara nicht mit ihm kommunizieren wollte, zeigte sie doch offensichtlich."

Chiara umarmte Alex lachend und sagte: „Ja, so ist er einfach. Direkt und Unberechenbar."

Da sich Chiara fest an ihn drückte, sagte er: „Du spielst mit dem Feuer und ich kann es nur schwer im Zaun halten."

Chiara fragte: „Was meinst du?"

Alex: „Du hast kein Höschen an. Genügt das als Antwort?"

Chiara lachte und presste sich noch fester an Alex. Darauf sagte Lena: „Unartig und provozierend. Ihr passt perfekt zusammen. Bei diesem Anblick entzündet sich bei mir auch gleich ein Feuer."

Am Abend ging Chiara in die Küche um Abendbrot zu richten. Lena unterhielt sich mit Alex vor dem Haus. Die vorwiegend beruflichen Themen, über die sie sprachen, beendete Lena mit der Aussage: „Ich muss für mich noch mein Zimmer vorbereiten."

Alex sagte: „Das brauchst du nicht. Ich möchte dich nicht von Chiara trennen. Wenn es dir unangenehm mit mir ist, dann schlafe ich woanders."

Lena: „Warum solltest du für mich unangenehm sein? Ganz im Gegenteil. Doch solltet ihr eure Zweisamkeit ausleben."

Alex: „Ob das Chiara erlauben wird?"

Lena: „Sie wird, glaub mir."

Dem war natürlich nicht so. Nach dem Abendbrot und einer Flasche Wein, lagen sie zu dritt in Chiaras Bett, die überglücklich mittig lag. Chiara kuschelte sich an Lena und spielte mit der anderen Hand an Alex herum. Alex wehrte sich vergebens seiner Erregung, bis er es nicht mehr aushielt und sich von hinten an Chiara zu schmiegen. Chiara lenkte seine Männlichkeit in ihren Intimbereich. Lena bekam das mit und drehte sich mit ihrem Gesicht zu Chiara. Bevor sie etwas sagen konnte, küsste Chiara ihre

Schwester sehr intim. Lena konnte sich ihrer Süßen nicht entziehen und küsste sie ebenfalls. Alex befriedigte Chiara von hinten, während seine Angebetete mit ihrer Schwester knutschte.

Während dem gesamten Liebesspiel hatte Lena nie das Bedürfnis, nur Ansatzweise Alex zu berühren, geschweige erst sexuell mit ihm zu verkehren, obwohl Chiara es mit Gesten andeutete und wünschte. Lena widmete sich ausschließlich Chiara. Die Zurückhaltung von Lena gegenüber Alex spürte Chiara auch. Nach einem Stellungswechsel positionierte sie sich so, dass sie Lenas Intimbereich mit ihrem Mund und ihrer Zunge befriedigen konnte.

Die Liebesnacht dauerte Stunden, auch nachdem Alex schon längst erschöpft aufgab. Lena und Chiara konnten einfach nicht genug bekommen. Beide Schwestern wussten, wie jeweils die andere tickte und was sie wünschte. Die ganze Nacht, spielten und befriedigten sie sich gegenseitig. Zum schlafen kamen beide nicht. Im Gegensatz zu Alex, er schlief neben den sexuell aktiven Schwestern bis zu den Morgenstunden. Zum Abschluss dieser besonderen Nacht, wünschte sie sich noch die Männlichkeit von Alex. Sie setzte sich im Beisein von Lena, auf den liegenden Piloten und beritt ihn bis zum Höhepunkt. Erst nach diesem sexuellen Finale, war sie völlig fertig und komplett erschöpft. Sie schlief überglücklich ein.

Lena ging mit Alex in die Stube um Chiara schlafen zu lassen. Während dem einfachen Frühstück kamen Schamgefühle bei Lena auf.

Lena sagte zu Alex: „Du wirst dich jetzt sicher fragen, wo bist du da hineingeraten. Es mag für dich alles abartig sein, aber ich möchte Chiara glücklich sehen."

Alex: „Das möchte ich auch. Es gefiel mir, wirklich. Welcher Mann genießt so eine Liebesnacht nicht? Meine Ausdauer war begrenzt, da wir unterwegs bereits Sex hatten."

Lena: „Du brauchst dich nicht zu rechtfertigen, Alex. Es ist alles gut."

Alex: „Darf ich dich fragen, warum du Chiaras Wunsch nicht nachgekommen bist? Liegt es an mir?"

Lena: „Nein, definitiv nicht. Du bist ein toller Typ und ein sehr anziehender attraktiver Mann. Ich bin noch nicht bereit mit einem Mann zu schlafen. Ich sah dir gerne dabei zu wie du mit Chiara, du weißt schon, aber ich hatte kein Verlangen."

Alex: „Okay. Ich dachte es liege an mir. Aber im Allgemeinen gesehen, bist du dem Sexuellen nicht abgeneigt, wie man sehen konnte."

Lena: „Mit Chiara ist es immer etwas ganz Besonderes. Ich kann ihr nicht widerstehen. Um Chiaras Narben zu lindern, braucht sie unendlich viel Liebe. Nicht sexuell gemeint, sondern eine wahre und liebevolle Zuneigung, direkt an den Narben. In den letzten Tagen sind sie auch etwas schöner geworden. Bei Chiara merkt man allein an den Narben, wie sich fühlt. Das ist wirklich so. Je besser sie sich fühlt umso schöner werden ihre Narben."

Alex: „Das glaube ich, dass dies sein kann. Es gibt sogar medizinische Beweise dafür."

Lena: „Die tägliche liebevolle Zuneigung ist für sie die beste Medizin. Möchtest du dich noch zu Chiara kuscheln? Ich werde das Badezimmer in Anspruch nehmen, um mich frisch zu machen."

Alex schlich sich in Chiaras Zimmer und kuschelte sich von hinten an sie. Dies merkte Chiara und legte seine Hände um ihren Körper. Mit einer Hand wollte sie an seinen Penis, da sagte sie: „Warum bist du bekleidet?"

Ohne zu diskutieren, zog er sich aus und kuschelte wieder an ihrem Po. Sie sagte: „Brav, so mag ich es. Wo du ihn einparken möchtest, entscheidest du. Es gibt 2 Parkplätze."

Alex fühlte sich wie im Schlaraffenland.

Er beanspruchte beide Parkmöglichkeiten abwechselnd, ganz in ihrem Sinne. Chiara stöhnte im Halbschlaf vor sich hin und sie fühlte sich sehr befriedigt und glücklich.

Nachdem Lena ein ausgiebiges Bad genommen hatte und frisch gestylt war, ging sie eine Runde auf dem Hof. Sie fragte sich, wie alles weitergehen sollte.

Kurz nach Mittag gingen Chiara und Alex in das Badezimmer und erst dann vor das Haus. Chiara begrüßte ihre Schwester, wie üblich mit einem dicken Kuss auf den Mund.

Lena sagte dann: „Chiara, wir sollten uns Gedanken machen, wie wir beide ohne Clara, mit dem Hof weitermachen möchten. Gibt es deinerseits bereits Vorstellungen?"

Chiara: „Nun, darüber habe ich mir auch schon Gedanken gemacht. Ich kenne deine Zukunftspläne nicht und ohne Clara, schaffe ich es nicht."

Lena: „Süße, wie meine Zukunft aussehen wird, weiß ich noch nicht. Doch sehe ich mich nicht als Landwirtin. Mein Leben ist das Management in einem Hotel. Nach dem heutigen Telefonat mit meiner Mama, wird sie nicht mehr zurückkommen. Ihr gefällt das neue Leben."

Chiara wurde traurig und nachdenklich: „Und was nun?"

Lena: „Könntest du dir ein anderes Leben, abseits dieses Hofes vorstellen?"

Chiara: „Ich weiß nicht, ich denke nicht, nein."

Lena: „Was wäre, wenn wir gemeinsam einen neuen Weg gehen würden?"

Chiara: „An deiner Seite, gemeinsam? Was für einen Weg und wohin?"

Lena: „Ich dachte an Gran Canaria. Nicht zu Antonio. Eine Auszeit würde uns vielleicht guttun. Ich könnte meine Mama wiedersehen. Den Hof könnten wir für eine Zeit verpachten, nicht verkaufen. Alex, würdest du der Liebe wegen, deine Geliebte auch wo anders besuchen?"

Alex: „Natürlich. Für Chiara würde ich bis ans Ende der Welt reisen."

Lena schaute Chiara an und fragte: „Chiara? Was sagst du?"

Chiara: „Der Gedanke macht mir Angst, Lena. Der Hof ist mein Leben. Ich kenne nichts anders."

Lena: „Nur für eine bestimmte Zeit, zum Testen? Versuchen wir es gemeinsam?"

Chiara: „Und der Hof und das Haus?"

Lena: „Da hätte ich schon so meine Ideen. Vertraust du mir?"

Chiara: „Natürlich vertraue ich dir."

Lena: „Dann gib mir ein paar Minuten zum Telefonieren."

Chiara war sichtlich nervös und Alex hielt ihre Hand.

Nach etwa 20 Minuten kam Lena zu ihrer Schwester und sagte: „Okay, meine Süße. Den Hof habe ich an Peter verpachtet. Er muss diesen in unserem Sinne weiterführen und die Pacht wird monatlich verlängert. Das Gemüse, welches er erntet, darf er verkaufen. 400 Kilogramm, müssen jedoch nach Gran Canaria per Flieger geliefert werden. Die Kosten trägt das Hotel. Das Haus wird versperrt und den Schlüssel übergebe ich meiner ehemaligen Schulfreundin Anna. Sie wird darauf aufpassen. Ich vertraue ihr. Wir werden morgen nach Las Palmas fliegen und Carlos wird uns abholen. Wir können in einem seiner Appartements wohnen. Das liegt nahe dem Strand und dem Meer. Einverstanden?"

Chiara war ganz aufgeregt und sie sagte: „Ich habe große Angst, aber ich freue mich trotzdem sehr, diesen Weg mit dir gemeinsam zu gehen."

Nachdem Alex wegen seines Dienstbeginns, den Hof verlassen hatte, packten die Schwestern ihre Koffer. Sie waren guter Laune und voller Tatendrang.

Ihre letzte Nacht auf dem Hof, verbrachten sie mit einem intensiven intimen Sex, bis zur völligen Erschöpfung und mehrmaligen Orgasmen.

Durch die befriedigende Nacht, waren sie am nächsten Tag sehr entspannt. Sie übergaben Peter den Hof und Lenas Freundin Anna, übergaben sie, die Schlüsseln für ihr Haus.

Dann ging es mit dem Flugzeug nach Gran Canaria.

Carlos brachte die Schwestern in sein Domizil in Puerto Rico. Das war 25 km von ihrem ehemaligen Hotel in Playa del Ingles entfernt.
Sie war erstaunt, was ihr damaliger Chefkoch Carlos, hier aufgebaut hatte.

Für Chiara war es das erste Mal, dass sie überhaupt ihr Land verlassen hatte. Sie war begeistert und beindruckt zugleich.

3 Monate später:

Lena und Chiara waren noch immer auf Gran Canaria und bewohnten nach wie vor ein Appartement von Carlos.
Durch den täglichen Sex fiel Lena auf, dass Chiaras Narben immer schöner und straffer wurden. Es lag also gar nicht so an der Liebe zu den Wunden, sondern an den täglichen Orgasmen bei den Sexspielen.

Alex kam so oft es ging zu den Schwestern. Bei keinem ihrer sexuellen Tätigkeiten zu dritt, hatte er mit Lena je sexuellen Kontakt.

Lena besuchte auch ihre Mutter im Hotel. Die Besuche im Hotel fielen ihr leicht, sie hatte keine Sehnsucht mehr nach diesem Hotel. 2 große Enttäuschungen musste sie jedoch verkraften. Antonio hatte bereits 2 Tage nach dem Ausscheiden von Lena, deren Managerposten an eine sehr junge Frau vergeben. Lena wurde rasch ausgetauscht. Zu ihrer weiteren Enttäuschung kam es, als sie erfuhr, dass Antonio nicht einmal vor ihrer Mutter halt machte. Er schlief mit ihr, um eine weitere Trophäe im Hotel zu haben. Von da an, waren die Besuche von Lena nurmehr Pflichtbesuche.
Das gesamte Hotelpersonal beschwerte sich über das miese Management. Carlos kündigte und die restliche Crew wünschte sich Lena zurück.

Lena wurde zugetragen, dass seit sie vom Hotel weg sei, alles schlechter wurde. Das Personal ist unglücklich und die Löhne wurden auch nicht mehr pünktlich ausbezahlt. Die Gäste wurden weniger und Antonio war nur mit der Nachfolgerin von Lena beschäftigt. Im Hotel herrschte einfach nur mehr Chaos. Lena machte es sehr traurig aber sagte sich selbst: „Das geht mich nichts mehr an."

Nachdem Carlos im Hotel es nicht mehr ausgehalten hatte und daraufhin kündigte, plante er ein Lokal auf seinem Domizil. Hierbei wäre er sein eigener Chef.

Chiara hatte angefangen auf Carlos Grund, Gemüse anzubauen. Sie versuchte zusammen mit Carlos den Erdboden auf dieser Insel kennenzulernen. In ihrer Heimat, war es ein komplett anderer Mutterboden.
Alex sah sie im Schnitt jeden dritten bis vierten Tag. Je nach dem wie er Dienst hatte.
Als er wieder einmal kam, rannte Chiara wie immer auf ihn zu, aber Alex blieb emotionslos. Lena sah diese Reaktion, und war ebenfalls sehr verwundert.

Chiara fragte ihn: „Was ist mit dir?"

Alex antwortete: „Es tut mir leid, Chiara. Ich kann nicht mehr. Es gibt zwischen uns überhaupt keine Zweisamkeit. Ich möchte eine ganz normale Beziehung mit einer Frau. Durch den ständigen Sex, bin ich für meinen Job nicht mehr ausgeruht wie es sein sollte. Ich wollte es dir persönlich sagen, Chiara. Du bist eine wunderbare und sehr attraktive Frau, aber ich kann nicht mehr. Ich weiß, Lena ist bei dir die Nummer 1. So soll es auch bleiben. Danke für die wunderschöne Zeit, die ich mit dir erleben durfte. Ich liebe dich sehr. Leb wohl Chiara."

Sprachlos begann Chiara zu weinen. Sie konnte es nicht glauben, dass Alex, die Beziehung beendet hatte. Lena kam herbei und nahm sie tröstend in ihre Arme.

Lena nahm sich die Zeit und ging mit ihrer Schwester, barfüßig in den Sanddünen in Maspalomas spazieren. Hand in Hand gingen sie im heißen Sand.
Lena sagte: „Im Gegensatz zu unserem Lieblingsplatz in der Heimat, mit steinigem und felsigem Boden und eiskalten Wildbach-Gewässer, ist es hier heiß aber sehr angenehm den Sand zwischen den Füßen zu spüren."

Chiara: „Es ist völlig anders, aber genauso schön. Was läuft in meinem Leben falsch, dass ich kein Glück bei Männern habe?"

Lena: „Meiner Meinung nach, liegt es an mir."

Chiara: „Ohne dich, gibt es mich nicht."

Lena: „Tja, kein Mann steht gerne in der 2. Reihe. Eigentlich hatte ich bei Alex ein sehr gutes Gefühl gehabt. Er schien mir nie unglücklich gewesen zu sein. Und doch war es ihm eindeutig zu viel. Das Pendeln auf die Insel, den ständigen Sex und als Draufgabe noch meine Wenigkeit. Kein optimales Leben für einen Mann der ein trautes Heim in Zweisamkeit sucht."

Chiara: „Er wusste doch von Beginn an, auf was er sich eingelassen hatte. Ich machte nie ein Geheimnis daraus. Warum jetzt auf einmal?"

Lena: „Die Wege des Mannes sind unergründlich. Vielleicht die Sehnsucht nach einem normalen Leben, wie er es sagte?"

Chiara: „Was ist schon ein normales Leben? Viel wichtiger ist ein Glückliches, freies, ehrliches, liebevolles, befriedigendes und ein sexerfülltes Leben. Das ist für mich normal."

Lena schmunzelte: „Anscheinend ist das eine Ansichtssache."

Chiara: „Was ist für dich ein normales Leben?"

Lena: „Ein Leben mit dir, Süße. Das ist für mich die Normalität die ich nicht tauschen möchte."

Chiara: „Stellt sich die Frage, brauchen wir überhaupt einen Mann? Wir haben doch uns."

Lena: „Ja schon, aber Alex hatte dir gutgetan. Ich kann dir nicht das geben, was dir ein Mann geben kann. Wir sind beide nicht rein lesbisch, sondern eher bisexuell, oder?"

Chiara: „Ja schon, aber wenn ich wählen müsste, zwischen einem Mann und dir, würde ich mich ohne zu überlegen für dich entscheiden. Ein Leben ohne dich ist nichts wert. Niemals könnte mich ein Mann mehr befriedigen als du. Ein Mann war nur die Draufgabe, aber das Fundament, bist du für mich, Lena."

Lena: „Das hast du sehr schön gesagt, Süße. Mir kommen die Tränen."

Chiara und Lena umarmten sich sehr liebevoll.

Bis in die späten Abendstunden verbrachten sie ihre Zweisamkeit in den Dünen von Maspalomas.

Chiara sagte bevor sie den heißen Sand verlassen hatte: „Die Trauer um einen Mann verweht der Wind, wie unsere Spuren im Sand."

Am nächsten Morgen bekamen Lena und Chiara, einen Kontrollbesuch von Christina. Sie ist Ärztin auf der Insel und eine liebgewonnene Freundin von Lena, da sie auch als Hotel-Ärztin tätig war.

Bereits bei ihrer Ankunft untersuchte sie Chiara und machte auch von ihren Narben Fotos. Jetzt nach 3 Monaten, verglichen sie gemeinsam die Veränderungen von Chiaras Narben. Christina war überwältigt und fasziniert vom Heilungsprozess.

Christina bestätigte bei Chiara, dass dies durch den täglichen und liebevollen Sex geschah. Ihre Narben reagierten positiv auf ihre erfüllten Orgasmen der erregten Befriedigung.

Diese erfreuliche Diagnose von Christina gab ihnen den Mut, ihr gemeinsames Liebesleben fortzuführen und zu ihrer lesbischen Beziehung zu stehen. Auf Gran Canaria war dies nichts Außergewöhnliches wie in ihrer Heimat. Auf der Insel brauchten sie sich nicht verstecken oder ihre Beziehung geheim zu halten. Für diese Offenheit ist Gran Canaria auch bekannt.

Lena unterstütze Carlos bei der Umsetzung seines Planes, ein eigenes Restaurant zu eröffnen. Als ehemalige Hotel-Managerin hatte sie die nötige Erfahrung und das richtige Know-how. Carlos hätte sie um jeden Preis gerne engagiert, doch Lena war noch unschlüssig. Ihr Wissen stellte sie kostenlos in freundschaftlicher Dankbarkeit zur Verfügung.

Bei der Eröffnung waren unzählige Gäste geladen. Zudem kamen jede Menge Personen auch ohne eine persönliche Einladung. In diesem Zusammenhang traf Lena ihren Ex-Verlobten Antonio samt Anhang.

Nach der formellen Standard Begrüßung kamen sie ins Gespräch. Antonio war über Chiaras Anblick sehr überrascht und sagte: „Wow, Chiara, du siehst so verändert aus. Hattest du einen operativen Eingriff? Deine Narben sind teilweise kaum zu sehen."

Chiara lachte und sagte: „Nein, das ist das Ergebnis, wenn man täglich einen Orgasmus erfüllten Sex hat."

Antonio lachte und seine junge Begleitung, Olivia wurde verlegen.

Lena sagte: „Offensichtlich trifft es bei dir nicht zu, du siehst müde aus, Antonio."

Antonio sagte: „Das ist der Stress im Hotel. Chiara, wer ist der glückliche auserwählte König der dich täglich zu einem oder mehreren Orgasmen führt?"

Chiara zog Lena zu sich und küsste sie sehr intim und sagte voller Stolz: „Es ist meine Königin Lena, die mich permanent zu einem Orgasmus treibt."

Antonio: „Deine Schwester? Ihr beide seid lesbisch? Ha, ich glaube ich spinne."

Olivia war schockiert und sagte: „Entschuldigen sie, aber das ist doch unmoralisch und pervers."

Chiara: „Pervers? Was ist hierbei pervers? Weil wir Frauen sind?"

Olivia: „Nein, weil ihr Schwestern seid. Das ist unmoralisch."

Lena mischte sich ein: „Unmoralisch? Wer entscheidet, was unmoralisch ist?"

Olivia: „Viele Menschen, wie zum Beispiel die Glaubensvertreter."

Lena: „Meinen sie diese Glaubensvertreter, die sich einen Skandal nach dem anderen leisten? Diese Menschen entscheiden darüber?"

Olivia: „Nicht nur, auch die Gesellschaft."

Lena: „Die Gesellschaft? Meinen sie die Gesellschaft, die verlogen jeden Menschen kritisiert der nicht so ist, wie sie selbst? Alles was außerhalb der Norm ist, ist unmoralisch?"

Chiara fügte hinzu: „Ich pfeife auch auf diese Menschen, die sogenannten Glaubensvertreter und die brave Gesellschaft. Liebe ist nicht steuerbar. Sie trifft einen und die spürt man einfach. Hierfür gibt es keinen Schalter."

Anstatt dass Antonio seine Begleiterin unterstütze, lachte er über die Argumente von Lena und Chiara und sagte: „Respekt, ihr habt gewonnen."

Olivia war stinksauer und Antonio versuchte zu retten was zu retten war: „Jetzt komm schon. Du musst zugeben, dass diese Argumente ihre Richtigkeit haben. Hey, wir sind auf Gran Canaria. Die bekannteste, Schwulen und Lesben Insel."

Olivia sagte: „Es geht nicht um die sexuelle Neigung, sondern, dass sie Schwestern sind. Das ist tabu und gegen jede Moral."

Lena: „Mädel, was weißt du schon über Moral."

Carlos kam hinzu und sagte zu Antonio: „Herr Manager, wann gedenken sie, meine offenen Löhne zu begleichen?"

Antonio sagte zu Olivia: „Hast du die Löhne der Angestellten nicht überwiesen?"

Olivia: „Es waren wichtige Investitionen fällig."

Antonio war es sichtlich peinlich und sagte: „Ich werde mich persönlich darum kümmern. Vielen Dank für die Einladung und alles Gute für das Restaurant."

Carlos sagte dann zu Lena: „Siehst du, das meinte ich, denn das hätte es unter deiner Führung niemals gegeben. Antonio treibt mit dieser Olivia das Hotel in den Ruin."

Lena war traurig und sagte: „Ich kann nicht mehr zurück und eigentlich möchte ich es auch nicht mehr."

Carlos: „Sag niemals nie, Lena."

Chiara stand neben Lena und nahm ihre Hand. Sie sagte kein Wort aber schenkte ihr ein Lächeln.

Lena sagte dann leise: „Ich kann einfach nicht zurück."

Chiara fragte: „Warum nicht? Ist es wegen Antonio?"

Lena: „Sicher auch ein Grund, ja."

Chiara wurde ebenfalls traurig. Lena fragte sie: „Warum bist du auf einmal so ruhig und traurig?"

Chiara: „Lena, ich spüre, dass sich unsere Wege wieder trennen werden. Jeder weiß, wie du dich nach deiner alten Arbeit sehnst. Das Hotel braucht dich. Die Belegschaft möchte dich zurückhaben. Du bist für diese Position prädestiniert und unentbehrlich."

Lena: „Ja schon, aber auch wenn ich es wollte, warum sagst du, unsere Wege werden sich trennen. Immerhin leben wir beide auf der Insel."

Chiara: „Ich habe Heimweh. Mir fehlt der Hof, das Haus, die Tomatenernte, die Obstbäume und der Wildbach. Auf den spitzen Steinen und Felsen im kalten Wildbach zu gehen, ist schon eher meine Welt, als in der Hitze durch den Sand zu spazieren. Ich finde es wirklich großartig hier, es ist eine traumhaft schöne Insel, aber mein Herz schlägt und sehnt sich nach der Heimat. Ich glaube, hier bin ich am falschen Platz. Irgendetwas fühlt sich falsch an, aber was?"

Lena: „Der Wildbach verbindet dich mit schönen Erinnerungen. Ich sehe das Leben auf Gran Canaria entspannter. Die Menschen sind toleranter, freundlicher und offener."

Chiara: „Ich spüre das Heimweh, obwohl daheim niemand auf mich wartet, außer der Hof und der steinige Wildbach. Jedoch keine Liebe, die ich in meinem Bett spüren kann. Und trotzdem zieht es mich in die Heimat. Ich gehöre einfach zum Hof."

Lena umarmte Chiara mit Tränen in den Augen und sagte: „Mir bricht das Herz, wenn ich daran denke, dich nicht mehr bei mir zu haben. Es scheint, als ob dies deine endgültige Entscheidung wäre?"

Chiara: „Ja, Lena."

Schweren Herzens half Lena beim packen des Gebäcks für Chiara. Sie vereinbarten, gemeinsam in die Heimat zu fliegen, um die Bewirtschaftung des Hofes, für Chiara vor Ort zu regeln.

Carlos brachte sie am nächsten Morgen zum Flughafen.

Nach der Ankunft auf dem Hof, trafen sie Anna.

Anna erzählte Lena, von dummen Gesprächen von Peter: „Er spricht nur Schwachsinn im Dorf. Er hätte euch, wortwörtlich, zur Vernunft gefickt, auch das Narben-Monster, um endlich den Hof zu bekommen. Daraufhin war ein Gelächter bei den Dorfwirten und jeder klopfte ihm auf die Schulter, wie tapfer er wäre."

Lena: „Ich hatte so etwas geahnt."

Chiara bekam das Gespräch im Nebenzimmer mit. Sie ging weinend zu Lena und sagte: „Es hat sich also nichts geändert, oder?"

Lena: „Ich werde es jetzt ändern."

Lena fuhr ins Dorf. Bekleidet mit hohen High-Heels, hautengem Minirock und einer Bluse mit tiefem Dekolleté, ging sie in das Dorfgasthaus. Am Stammtisch saß auch Peter. Lena setzte ihr Lächeln auf und begrüßte alle Anwesenden und sagte dann zu Peter: „Ich gratuliere dir, Peter, Chiara ist schwanger von dir. Du wirst Papa."

Alle Gäste des Lokals waren sprachlos und Peter antwortete schockiert: „Mit Chiara?"

Lena beugte sich mit ihrem tiefen Ausschnitt zu Peter und sagte: „Ja, freust du dich? Keine Angst, die Narben sind nicht vererbbar. Obwohl, ein kleines Monster, könnte es schon werden."

Peter war verwirrt: „Warum? Wann?"

Lena: „Es fruchtete bei Chiara, während unserer schönen gemeinsamen Nacht."

Um sich nicht zu verraten, sagte er: „Ja, die war toll und jetzt mit Chiara ein Kind, großartig."

Lena: „Bevor du Chiara triffst, wollte ich dir noch einen Rat geben. Der kleine Ring, an ihren Schamlippen unter den Schamhaaren und das Piercing von ihrer linken Brustwarze sind ihr beim wilden Sex herausgefallen. Hast du diese gefunden? Sie hätte es so gerne wieder."

Peter: „Ja, ja, da müsste ich nochmals schauen, aber ja, im Eifer des Gefechts, kann so etwas schon herausfallen."

Lena, die noch immer lächelte, sagte: „Nur blöd, dass sie weder einen Ring, noch Schamhaare und nicht einmal eine Brustwarze hat."

Peter: „Wie jetzt?"

Lena: „Hast du das nicht gesehen, wie du Chiara und mich, zur Vernunft gefickt hattest? Chiara war immer schon glattrasiert und hat wegen des

Unfalles, keine Brustwarze mehr. Ich glaube, deine Freunde sind schon sehr gespannt auf deine Erklärungen, oder etwa nicht, ihr lieben Freunde des Dorfes? Ach noch etwas Peter, der Pachtvertrag ist mit sofortiger Wirkung aufgehoben, sprich gekündigt."

Sie machte ein paar Schritte Richtung Tür und drehte sich nochmals um und sagte: „Ach, beinahe hätte ich es vergessen. Einen ganz lieben Gruß von Rechtsanwalt Dr. Wallner. Sollte binnen 24 Stunden keine Richtig-Stellung bezüglich, die Berger-Töchter zur Vernunft gefickt zu haben, in der Öffentlichkeit ausgehängt sein, wird der Gruber-Hof auf eine 6-stellige Schadenssumme verklagt. Und, dass du Hausverbot auf dem Berger-Hof hast, brauche ich nicht großartig ausplaudern, oder? Das versteht sich natürlich von selbst."

Nach dieser Ansage fuhr sie zurück zu Chiara, die noch immer sehr gekränkt von den Aussagen war, Lena nahm sie in ihre Arme und sagte: „Der Hof gehört dir, Süße. Denk nicht mehr an diesen Peter, er ist es nicht wert."

Chiara: „Hast du ihn zu Rede gestellt?"

Lena: „Nein, ich habe ihn in Verlegenheit gebracht und aufgefordert, seine Aussage richtig zu stellen. Der Pachtvertrag ist gekündigt und er hat Hof-Verbot. Der Hof gehört zwar uns beiden, aber du bist die alleinige Bewirtschafterin. Passt es so für dich?"

Chiara: „Klar, passt es für mich. Danke für deine Unterstützung und für alles was du für mich machst."

Die restlichen Stunden des Tages verbrachten sie mit diversen Arbeiten auf dem Hof.

Am späten Abend gingen sie gemeinsam duschen und freuten sich auf die anschließenden Kuschelstunden. Da keine von beiden wusste, wann sie sich wieder sehen konnten, waren die gegenseitigen Befriedigungen zeitlich sehr intensiv und ausdauernd. Für Lena war sowieso immer die oberste Priorität, dass Lena ihre täglichen Höhepunkte bekam, schon alleine wegen der Narben.
Diesbezüglich machte sich Lena schon große Sorgen. Immerhin hatte sie es geschafft, Chiaras Narben mit dem täglichen intensiven Sex zu lindern.

Darauf antwortete Chiara: „Hierfür gibt es Spielzeuge und ich habe gesunde Hände und eine gute Fantasie. Ich denke die Kombination aus all diesen Dingen, wird mich befriedigen."

Lena: „Oder, du nimmst dir einen Mann."

Chiara: „Nein, bitte keine Enttäuschungen mehr. Offensichtlich habe ich mit Männern kein Glück."

Die gesamte Zeit, bis zum Abflug von Lena, nutzten sie die Zeit für ihre Zweisamkeit. Je näher der Zeitpunkt kam, umso trauriger wurden sie. Das gemeinsame Kuscheln und ihre gegenseitige Liebe, war für beide Schwestern sehr wichtig und ein weiters wunderschönes Erlebnis

Als der schmerzhafte Abschied gekommen war, gab es zahlreiche Tränen. Lena fuhr mit dem Mietwagen vom Hof zum Flughafen. Nun war Chiara ganz alleine am Hof. Den ganzen Tag war sie sehr traurig. Jegliche Ablenkung mit Arbeit, half nichts. Auch später in der Nacht, war sie überhaupt nicht in der Stimmung, für den täglichen Höhepunkt, an ihr selbst zu spielen. Obwohl sie es ihrer Schwester versprochen hatte. Ihre Gedanken waren bei Lena, die sie sehr vermisste.

Am nächsten Tag, als sie wach wurde, schien die Traurigkeit, noch immer über der Freude wieder auf ihren geliebten Hof zu sein, voranging zu sein. Sie wusste, so konnte sie sich nicht hängen lassen. Bewusst ging sie über den Hof, um diesen wieder wahr zu nehmen. Mit der Zeit, sah sie die

Schönheit und ihre Freude hier zu sein, wurde stärker. Chiara gab sich einen Ruck und ging an die Arbeit.

Zur selben Zeit, war es für Lena sehr stressig. Es gab ein offenes Gespräch, mit Antonio im Hotel. Er räumte massive Fehler ein und dass es so nicht weitergehen konnte.

Lena äußerte sich: „Du weißt, ich bin eine sexuell sehr aufgeschlossene Frau, aber allein der Gedanke, dass du mit meiner Mutter geschlafen hast, ist unter jedem Niveau. Aber gut, das ist meine persönliche Meinung dazu. Deine Gespielin, die du auf meinen Posten gesetzt hast, ist mit ihrer Einstellung und ihrem Handeln nicht tragbar. Gerade in einem Hotel, sollte man aufgeschlossen sein und jeden Gast gleichbehandeln. Nein, stopp, du brauchst sie nicht verteidigen. Wer mit wem, sexuell verkehrt ist nicht vom Hotelpersonal zu beurteilen. Auch wenn man persönlich anders denkt, so darf man es niemals gegenüber dem Gast aussprechen. Sie hat mich und Chiara verurteilt, so etwas darf niemals sein. Deine Gespielin zieht Neuanschaffungen vor und zahlt die Löhne nicht aus. Fehlentscheidungen führten offensichtlich zur schlechten Stimmung unter dem Personal. Ja, es sind massive Fehler passiert. Was wirst du ändern und wie sieht dein Plan aus, das Personal wieder zu motivieren?"

Antonio: „Im Vordergrund steht deine Rückkehr in das Management. Olivia werde ich anderwärtig einsetzen. Bezüglich deiner Mutter, sie legte es offensichtlich darauf an. Sie drängte sich förmlich auf, nur so zu meiner Verteidigung erwähnt. Aber bitte, frag sie selbst.“

Eine abschließende Einigung ergab sich jedoch nicht. Lena bestand auf Bedenkzeit.

Während ihrer einwöchigen Auszeit, waren ihre Gedanken immer wieder bei Chiara. Besonders entspannen konnte sie in den Sanddünen von Maspalomas. Aber gerade hier, war die Sehnsucht nach ihrer geliebten Schwester beinahe unerträglich. Eine Rückkehr in die Heimat, kam für sie nicht in Frage. In den Jahren auf Gran Canaria, wurde sie Eins mit der Insel. Sie wusste, dass sie nun auf ihre Schwester verzichten musste.

Eine Woche später und das Ende von Lenas Bedenkzeit:

Um ihr eigenes Heim zu haben, kaufte sie eine Finka mit großem Anwesen in Puerto Rico. Sie organisierte eine Küchen-Kooperation mit Carlos, damit er sein Restaurant leiten konnte und auch die Hotelküche. Mit ihrer Mutter sprach sie sich aus. Für Clara begann ein neues Leben, indem sie offener und freier lebte. Ihre Abhängigkeit von Leo, konnte sie verarbeiten.

Lenas Rückkehr in das Hotel-Management verkündete sie der gesamten Belegschaft bei einer von Antonio angekündigten Mitarbeiterbesprechung. Daraufhin wurde ein spontanes Fest zur Freude der gesamten Hotel-Crew gefeiert und Olivia kündigte enttäuscht und voller Zorn. Antonio nahm es gelassen zur Kenntnis. Sogar, dass Lena von der Hotel-Holding zur 1. Managerin ernannt wurde und Antonio sich unter ihr einreihen musste, akzeptierte er ohne Diskussion. Er wusste, dass sie die Bessere war.
Auf Lenas Forderungen bzw. Bedingungen stiegen alle ein. Diese waren, kurzfristige Kurzurlaube zu ihrer Schwester und die meiste Zeit im Home-Office sein zu können.

Antonio war sehr glücklich, auch wenn Lena einen Neubeginn der Beziehung ablehnte.

Während der Rede von Lena, die das Personal wünschte, sprach sie nicht nur über die Hotelbezogenen Umstrukturierungen, sondern auch über ihre privaten Anliegen.

Besonders ruhig und gespannt war die Stimmung, als Lena über die gestellte Frage, ob sie in einer Beziehung sei, antwortete: „Ja, ich bin in einer festen Beziehung und nein, sie lebt nicht auf Gran Canaria."

Eine Stimme aus der Menschenmenge war zu hören: „Warum nicht? Ist es aus Platzgründen oder aus Zeitgründen?"

Lena schaute in die Menge und obwohl sie nicht wusste, wer gefragt hatte, sagte sie: „Weder noch."

Abermals die Stimme aus der Menge, wobei Chiara dabei aufstand: „Dann hol sie einfach zu dir."

Lena freute sich so sehr, dass sie anfing zu weinen. Sie rannte zu Chiara und beide umarmten sich voller Liebe. Die gesamte Belegschaft des Hotels war sehr gerührt und freuten sich für ihre Managerin. Sie applaudierten und warfen Blumen über das verliebte Paar.

Noch während dem Trubel der Freude fragte Lena, ihre Schwester: „Was hat dich dazu bewegt?"

Chiara: „Was ist der Wildbach wert, wenn mein Herz vor Sehnsucht nach dir weint? Nichts und niemand kann mich davon abhalten, dich zu begehren und zu lieben. Ja, wir sind Halbschwestern und somit Blutsverwand, doch lieber sterbe ich, als nochmals von dir getrennt zu sein."

Lenas Freudentränen waren nicht mehr zu stoppen. Sie drückte Chiara fest an sich und genoss diesen Moment des Wiedersehens.

Später fragte Lena: „Was wird aus deinem Hof?"

Chiara: „Er bleibt in unserem Besitz. Ich habe unseren Hof, Justus zur Bewirtschaftung überlassen. Die letzte Woche unterstütze er mich und als ich meine Entscheidung gefällt hatte, war das die beste Lösung. Justus meint es gut mit uns. Wir hatten ein langes Gespräch. Er gab Fehler zu und bereut es auch. Diese Lüge, entstand aus Freundschaft zu unserem Vater, das sollten wir auch bedenken. Unser Hof ist nun sein Neubeginn, auch wenn wir die Besitzer bleiben."

Lena: „Gute Entscheidung, meine Süße."

Die Schwestern konnten es kaum noch erwarten, dass es Abend wurde. Endlich konnten sie ungestört ihre Zweisamkeit genießen.

Lena führte sie durch die Finka und zeigte ihr alles und sagte dabei: „Es gibt noch einiges an Arbeit, aber es ist eine tolle Finka."

Chiara: „Warum so groß?"

Lena: „Damit du als Landwirtin, dein Leben bei mir und mit mir leben kannst, Süße."

Chiara: „Du bist doch verrückt, Lena. Sag jetzt nicht, du hattest es vermutet, dass ich komme?"

Lena: „Sagen wir eher, erträumt und gehofft."

Bevor sie in das Badezimmer gingen um sich frisch zu machen, half Lena ihrer Schwester beim Ausbacken der Koffer. Sogar für eigene Schränke für Chiara war gesorgt. Lena dachte an alles.

Mittlerweile war es schon nachts, als sie endlich in das große Bett kuscheln gingen. Sanft und zärtlich, streichelte Lena ihre geliebte Chiara. Wie von Chiara erwünscht, waren sie splitternackt. Kein Stoff sollte zwischen ihr und Lena sein. Für Chiara war es sehr wichtig, ihrer Schwester hautnah zu sein. Je mehr sie sich streichelten umso erregter wurden sie.

Das ersehnte Wiedersehen, artete zu einer lustvollen und stöhnungsreichen Nacht der Befriedigung aus. Auch beim Aufgehen der Sonne, dachten sie nicht ans Aufhören. Zu sehr waren sie noch immer voller Lust und der endlosen Begierde ausgeliefert und verfallen.

Erst als sie beide völlig erschöpft und verschwitzt waren, beendeten sie diese Marathon-Nacht. Für eine Dusche reichte weder der Wille noch die Kraft. In Rekordzeit schliefen sie dann beide in den Vormittagsstunden ein.

Als Lena die Augen öffnete, war es bereits 17 Uhr. Leise versuchte sie sich aus dem Bett zu schleichen, doch Chiara hielt ihre Hand und sagte: „Komm gar nicht auf die Idee zu flüchten."

Lena schmunzelte und sagte: „Ich wollte nicht flüchten, sondern duschen."

Chiara: „Ohne mich? Vergiss es."

Lena gab ihr einen Kuss auf den Mund und sagte: „Gut, Süße. Dann gehen wir."

Gegenseitig legten sie die Hände an ihrer Partnerin an, um sie zu waschen. Ganz genau und jedes Stück des Körpers wurde eingeseift und gereinigt. Chiaras Erregung war als erstes geweckt. Lena ließ nicht lange auf sich warten. Sie brachten sich gegenseitig von einem Höhepunkt zum nächsten.

Nach einer Zeit waren sie befriedigt genug um den Tag zu beginnen. Doch mittlerweile war es schon wieder Abend. Sie zogen sich luftige Sommerkleider an und fuhren nach Maspalomas. Barfüßig gingen sie über die Sanddünen und genossen, in trauter Zweisamkeit und eng umschlungen den Sonnenuntergang.

Die darauffolgende Nacht war wieder sehr intensiv mit gegenseitigem Sex geprägt. Doch diesmal schliefen sie zu einer angemessenen Zeit, kuschelnd und eng umschlungen ein.

Am nächsten Morgen, frühstückten sie vor der Finka auf der großen Terrasse. Dabei sagte Chiara: „Die Vorurteile mit der ich daheim konfrontiert war, nervten mich schon sehr. Ich verstehe natürlich auch die Menschen. Sie kennen es nicht anders. Ihnen wurde gepredigt, was sein darf und was nicht. Mittlerweile können sie 2 gleichgeschlechtliche Menschen akzeptieren, sei es 2 schwule Männer oder 2 lesbische Frauen, aber bei Schwestern? Absolut unmoralisch und sittenwidrig. Dass aber die Liebe über alle Vorurteile und über der Moral stehen sollte, wollen sie nicht hören. Und trotzdem siegt die Liebe über das Moralische."

Lena: „Schön gesagt, Süße. Das liebe ich an dieser Insel. Hier ist alles viel entspannter und freier. Den Menschen interessiert es nicht, wer mit wem, verstehst du? Daheim sind die meisten so konservativ erzogen und erlauben nichts anderes. Obwohl in vielen Familien, es bunter getrieben wird, inklusive den sogenannten Glaubensvertretern, als die Gesellschaft es erlaubt, die aber auch nicht nach allen vorgeschriebenen Regeln leben."

Chiara lachte und sagte: „Irgendwie ist schon alles sehr verkorkst, oder? Diejenigen, die die Regeln aufstellen, ändern es nach ihrem Befinden und lästern über die, die es nicht befolgen. Obwohl die anderen, die darüber schimpfen, es auch nicht befolgen, aber es von den anderen verlangen. Eine komische Welt in der wir leben."

Lena lachte ebenfalls: „Eine wirklich moralische Denkweise des gutgläubigen Menschen, die unmoralisch leben."

Nachdem sie gemeinsam darüber lachten, sagte dann Lena: „Jetzt ist aber Schluss damit. Wir leben unser Leben, ob es der Gesellschaft passt oder nicht. Weil? Unsere Liebe über alles steht. Sag mal, was ist eigentlich mit dem Peter? Hat er dich wieder belästigt?"

Chiara: „Nach deinem Auftritt? Nein."

Lena: „Hat dich sonst irgendjemand komisch oder eigenartig belästigt?"

Chiara: „Nein. Das ganze Dorf sprach von deinem Auftritt, beim Dorfwirt. Das traute sich niemand mehr. Ich denke, sie haben auch darüber nachgedacht und es auch verstanden. Zum ersten Mal, hinterfragten sie ihre blindvertraute Propaganda-Gehorsamkeit, wie es Clara immer bezeichnete."

Lena: „Das freut mich, dass mein Auftritt, etwas bewirkt hatte."

Chiara: „Was ist eigentlich aus dem Gemüse für Carlos geworden?"

Lena: „Es wächst und gedeiht. Wollen wir gemeinsam hinfahren?"

Nach dem Frühstück ging es sofort zu Carlos. Er war überglücklich, Chiara wiederzusehen. Zur Feier des Tages, öffnete er eine seiner besten Weinflaschen. Zusammen gingen sie zu den Pflanzen, die Chiara liebevoll eingesetzt hatte. Carlos war überaus dankbar, dass Chiara ihr Wissen und ihre Erfahrungen, in sein Gemüse und Obst gesteckt hatte.

Mit der Marketing-Unterstützung von Carlos und Lena, begann Chiara als Gemüse-

Landwirtin, als exklusive Lieferantin des Hotels, auch weitere exquisite Lokale zu beliefern.

Trotz des Arbeitsstresses der nächsten Tage, sahen sich die Schwestern relativ oft. Jede freie Minute wurde auch intensiv genützt. Ihre Zweisamkeit stand an erster Stelle und das wussten alle, die sie kannten.

Lenas Bedürfnis war es, ihre Liebe zu Chiara öffentlich bestätigt zu bekommen. In ihrer Heimat war es strafbar (wegen Inzucht), aber auf Gran Canaria, das zu Spanien gehört, durfte sie ihre Halbschwester offiziell heiraten. Und dies wurde auch der Liebe wegen gemacht.

Sämtliche Freunde, Bekannte, Verwandte und die gesamte Hotel-Belegschaft sowie alle Kunden von Chiara kamen um diese einzigartige Liebe zu feiern. Niemand, absolut niemand, sah diese Ehe als unmoralisch an. Ganz im Gegenteil.

Als offizielles Ehepaar, gönnten sich Lena und Chiara, noch mehr Freizeit für ihre unbezahlbare Zweisamkeit. Die Tätigkeiten im Management, hatte darunter in keiner Weise gelitten. Lena hatte alles im Hotel fest im Griff. Sie konnte sich auf das Personal verlassen und auch Antonio lag ihr zu Füßen. Immer mehr wurde ihm Bewusst, was er an ihr hatte. Trotz der permanenten Körbe, die er von Lena bekam, umwarb er sie mit allen Mitteln.

Immerhin schaffte er es schon, auf Besuch in die Finka zu kommen. Lena war auch immer schon eine freundliche Gastgeberin. Doch privat biss er bei Lena, stets auf Granit, bis Chiara eines Tages zu Lena sagte: „Wollen wir uns, wie damals, Antonio zu unserem Vergnügen hinzuholen?"

Lena war skeptisch: „Glaubst du, es wäre so wie damals?"

Chiara: „Nein, das bestimmt nicht, aber sicher anders und vielleicht sogar spannend?"

Nach kurzem Nachdenken sagte Lena: „Okay, warum nicht? Wenn er zu nichts taugt, haben wir ja noch uns."

Als es während dem Besuch von Antonio bereits Abend wurde, fing Lena an, ihre Frau intim und sehr erotisch zu küssen an. Antonio sah dabei zu und wurde sehr erregt. Chiara und Lena, waren wie hypnotisiert und vergaßen ihr Umfeld. Lena öffnete Chiaras Kleid und begann sie am ganzen Körper zu streicheln und dann auch zu küssen. Sie näherte sich Chiaras Intimbereich und zog dessen Slip aus. Im warmen Sommerwind, spreizte sie ihre Beine und verwöhnte sie mit der Zunge an der Vagina. Dabei beugte sie sich zur sitzenden Chiara und Antonio begann Lenas Hinterteil zu streicheln. Da er merkte, es kam keine negative Reaktion, zog er ihr Kleid über das Hinterteil und küsste diesen dann. Lena, die mit ihrem Mund an Chiaras Vagina war, zog mit einer Hand ihren Slip hinunter. Antonio öffnete seine Hose und drang mit seiner Männlichkeit, von hinten in Lena ein. Er verwöhnte sie gekonnt wie ein Mann und Chiara bekam von Lenas Verführung einem Höhepunkt nach dem anderem.

Später tauschten Lena und Chiara die Plätze und Antonio befriedigte Chiaras Vagina. Nach einer Zeit, nahm sie seinen Penis und führte diesen in ihren Po ein. Zeitgleich massierte Lena, Chiaras Vagina. Chiara wurde doppelt befriedigt, was ihr sehr gefiel und mit ihrem ganzen Körper genoss. Jede Faser des Körpers begann vor Erregung zu vibrieren. Als Antonio zum Höhepunkt kam, war Chiara noch lange nicht fertig. Lena verwöhnte sie wie immer bis zum absoluten Höhepunkt. Nach einer kurzen Pause, war auch Antonio wieder bereit und verkehrte sexuell mit Lena.

Chiara verwöhnte Lena mit all ihrer Liebe und Antonio fühlte sich wie im 7. Himmel. Trotz seiner unzähligen Affären, war es für ihn mit Lena am schönsten. Dies bestätigte sich in diesem Moment. Zur selben Zeit, bekamen Lena und auch Antonio einen wohltuenden und befreienden Orgasmus. Ob es an Chiara lag oder an Antonio, konnte sie nicht sagen, es war vermutlich die Mischung von Beiden.

Nachdem sich alle drei geduscht hatten, öffneten sie noch eine Flasche Wein und genossen die Zeit zur Entspannung unter dem freien Himmel. Chiara kuschelte sich zu Lena und Antonio strahlte bis zu den Ohren.

Lena fragte ihn: „Jetzt hast du es doch noch geschafft, mit uns beiden zu schlafen."

Antonio: „Es war ein Traum, der nicht enden muss."

Lena sah Chiara an und beide zuckten mit den Schultern und Lena sagte: „Ab und zu, ist es okay."

Chiara: „Für gewisse Momente ist ein Mann eine Bereicherung, aber den besten Sex meines Lebens, habe ich nur mit Lena."

Lena: „So sehe ich das auch, Süße."

Antonio sagte dann: „Was heißt das jetzt für mich?"

Lena: „Naja, wie wir es schon sagten, ab und zu, wäre es eine Bereicherung. Doch vordergründlich bleiben Chiara und ich in der Zweisamkeit."

Antonio hatte es verstanden und freute sich über jede weitere Einladung. Nach diesem Dreier-Vergnügen, beendete er alle Affären und hatte keinen One-Night-Stand mehr. Auch keinen belanglosen Sex, die er wie Trophäen gesammelt hatte.

Seine Sehnsucht nach einer liebevollen Beziehung, wurde dadurch geweckt. Doch Lena war bereits vergeben und verheiratet.

Chiaras Narben wurden offensichtlich immer schöner und sie waren teilweise kaum noch sichtbar. Dies bewies Lena, dass ein intensiver und liebvoller Sex zur Heilung beitragen konnte.

Nach einem sehr langen Gespräch mit Fachärzten, entschloss sich Chiara, die linke Brust operieren zu lassen. Es gab eine Möglichkeit, dass sie sich wieder an einer Brustwarze erfreuen konnte. Lena war stets an ihrer Seite.

Auch diese operative Wunde, wird mit viel Liebe und Zuneigung geheilt werden. Die beste Medizin, ist und war die Schwesternliebe…

…für immer!

ENDE DER GESCHICHTE

Theaterstücke von Manfred Bilinsky

Mein Wunsch für mich
https://www.theaterboerse.de/verlag/autor/256_bilinsky-manfred

Annabellas sonniger Schatten
https://www.theaterboerse.de/verlag/autor/256_bilinsky-manfred

Auf Umwegen zur Selbstfindung

Affären zur Glückseligkeit

Buch-Romane von Manfred Bilinsky

Zeichen der Liebe
Verlag: Re Di Roma-Verlag (2013) ISBN: 9783868705355

Der Kreis der Drei
Verlag: Re Di Roma-Verlag (2015) ISBN: 3868707913

Zweigleisige Begierde
Verlag: Re Di Roma Verlag (2017) ISBN: 9783961032075

Spiegelverkehrte Affären
Verlag: BoD (2018) ISBN: 9783743154155

Der intime Schlüssel
Verlag: BoD (2019) ISBN: 9783748158592

Die begehrte Sennerin
Verlag: BoD (2019) ISBN: 9783732287307

Eine verhängnisvolle Sucht
Verlag: BoD (2022) ISBN: 9783756222346

Eine (un)moralische Liebe
Verlag: BoD (2022) ISBN: 9783756200719